CLASICOS DE
CIENCIA FICCIÓN Y FANTASIA

La NOVELA en el TRANVÍA

y otras fantasías de juventud

BENITO PÉREZ GALDÓS

PRÓLOGO DE RICARDO MUÑOZ FAJARDO:
LA TERCERA FACETA DE GALDÓS

Ciencia Ficción y Fantasía - 178

La novela del tranvía y otras fantasías de juventud
Primera Edición, marzo de 2026

blogs:
Editorial Libros Mablaz
http://editoriallibrosmablazycienciaficcion.blogspot.com.es/
Ciencia ficción y fantasía en Libros Mablaz:
http://mablazlibros.blogspot.com.es/
Librería en Todocolección:
https://www.todocoleccion.net/s/catalogo?identificadorvendedor=LibrosMablaz

Diseño de cubiertas: Mari Carmen López

ISBN: 979-13-991844-2-6
Depósito Legal: M-7481-2026

LIBROS MABLAZ - 457

La novela en el tranvía y otras fantasías de juventud

Benito Pérez Galdós

Prólogo: La tercera faceta de Galdós

Benito Pérez Galdós ha sido uno de los grandes olvidados de los premios nobel de la historia. Aunque fue candidato en 1912, con un fuerte apoyo popular en España, con más de 700 firmas de sociedades literarias, 1913, nuevamente por miembros de la Real Academia Española y otras sociedades, 1914, cuando su candidatura fue presentada José Echegaray, que ya tenía el Nobel, y otros académicos de la RAE, 1915, nominado por Per Hallström, miembro del propio Comité Nobel sueco, lo que indica que Galdós tenía partidarios dentro de la institución y 1916, su último año oficial de candidatura, con dos nominaciones distintas de académicos suecos, Harald Hjärne y Karl Alfred Melin.

Se dice que se intentó que volviera a ser propuesto en 1917, pero no hay constancia documental de ello, como que si no le fue concedido el premio fue por una campaña de desprestigio de su figura por parte del gobierno de turno, sobre todo en 1912, que según los expertos fue el año en que más estuvo de ganarlo, apoyado por los sectores conservadores y neocatólicos de la sociedad española, que no comulgaban con el republicanismo y las ideas liberales del autor, que llegaron incluso a mandar cartas a la Academia sueca para que no se le diera el galardón.

Benito Pérez Galdós tiene varias facetas literarias. La primera se puede denominar como de escritura costumbrista, entre comillas, porque las obras de ese tipo siempre estuvieron determinadas por una carga social, en la que se comparaba muchas veces las vidas de las clases privilegiadas en contraste con las de la mayoría de la población, que se tenía que apañar como pudiera en el día a día.

Obras como *Doña Perfecta* (1876), *Marianela* (1878) y sobre todo *Electra*, una pieza teatral, causaron un gran escán-dalo político y social.

La segunda faceta de Galdós es la narración de la historia de España de la mayor parte del siglo XIX, novelada a través de personajes creados por él, o no, los llamados episodios nacionales. Escribió cuarenta y seis, divididas en cinco series, que abarcan desde la Batalla de Trafalgar (1805) hasta la Restauración Borbónica (1880). Solo por estos episodios nacionales se mereció el nobel, sin desmerecer las obras de la primera faceta ya citada y la que viene a continuación, la que ha motivado esta reedición, su literatura fantástica.

Hace ya unos años, Libros Mablaz ya reeditó su obra en ese género más conocida, *El caballero encantado* (1909), una auténtica obra maestra, y ahora no hemos querido dejar en un cajón olvidados los relatos fantásticos, casi todos de juventud, de este escritor inconmensurable, que se dio cuenta de que para retratar la realidad y a las personas que pululaban a su alrededor no bastaba con ser realista, era imprescindible adentrarse en el mundo de la imaginación y la fábula.

El que consideramos más importante de ellos, sin desmerecer a los otros expuestos en este libro, es *La novela en el tranvía* (1871). La novela, que en sí lo es aunque sea corta, está como divida en partes, de acuerdo a la actitud del protagonista en cada momento. El hecho primario que da origen al libro es que el personaje se sube a un tranvía, donde encuentra un recorte de periódico con un folletín que lee. Como consecuencia de esto, empieza a relacionar todo lo que le rodea con la trama publicada en el diario. Como el trayecto que tiene que recorrer el viajero, se queda dormido, momento en que empieza a soñar que es el protagonista de la historia. Después llega el final, pero es mejor que sea leído y no contado.

Este libro incluye *La Conjuración de las Palabras* (1868), un relato satírico y fantástico donde las categorías gramaticales (sustantivos, verbos, adjetivos, etc.) cobran vida y se reúnen en una asamblea para rebelarse contra el mal uso que los humanos hacen del lenguaje. Galdós utiliza esta personificación para criticar la corrupción del idioma y la retórica vacía de la sociedad de su tiempo. Puede tratarse de un precedente de *El orden alfabético*, de Juan José Millás (1998).

El siguiente relato del libro es *La pluma en el viento o El viaje de la vida* (1872), en donde Galdós se vuelve alegórico y fantástico para contar las peripecias de una pluma que, arrastrada por el viento, que recorre diferentes escenarios del mundo. A través de los ojos de la pluma, Galdós ofrece una visión satírica y filosófica de la existencia humana, representando la fragilidad del destino y la inconstancia de la fortuna.

La novela en el tranvía

Publicado en La Ilustración, 30 de noviembre y 15 de diciembre, 1871, 28 años

— I —

El coche partía de la extremidad del barrio de Salamanca, para atravesar todo Madrid en dirección al de Poza. Impulsado por el egoísta deseo de tomar asiento antes que las demás personas movidas de iguales intenciones, eché mano a la barra que sustenta la escalera de la imperial, puse el pie en la plataforma y subí; pero en el mismo instante, ¡oh previsión!, tropecé con otro viajero que por el opuesto lado entraba. Le miro y reconozco a mi amigo el Sr. D. Dionisio Cascajares de la Vallina, persona tan inofensiva como discreta, que tuvo en aquella crítica ocasión la bondad de saludarme con un sincero y entusiasta apretón de manos.

Nuestro inesperado choque no había tenido consecuencias de consideración, si se exceptúa la abolladura parcial de cierto sombrero de paja puesto en la extremidad de una cabeza de mujer inglesa, que tras de mi amigo intentaba subir, y que sufrió, sin duda por falta de agilidad, el rechazo de su bastón.

Nos sentamos sin dar al percance exagerada importancia, y empezamos a charlar. El señor don Dionisio Cascajares es un médico afamado, aunque no por la profundidad de sus conocimientos patológicos, y un hombre de bien, pues jamás se dijo de él que fuera inclinado a tomar lo ajeno, ni a matar a sus semejantes por otros medios que por los de su peligrosa y científica profesión. Bien puede asegurarse que la amenidad de su trato y el complaciente sistema de no dar a los enfermos otro tratamiento que el que ellos quieren, son causa de la confianza que inspira a multitud de familias de todas jerarquías, mayormente cuando también es fama que en su bondad sin límites presta servicios ajenos a la ciencia, aunque siempre de índole rigurosamente honesta.

Nadie sabe cómo él sucesos interesantes que no pertenecen al dominio público, ni ninguno tiene en más estupendo grado la manía de preguntar, si bien este vicio de exagerada inquisitividad se compensa en él por la prontitud con que dice cuanto sabe, sin que los demás se tomen el trabajo de preguntárselo. Júzguese por esto si la compañía de tan hermoso ejemplar de la ligereza humana será solicitada por los curiosos y por los lenguaraces.

Este hombre, amigo mío, como lo es de todo el mundo, era el que sentado iban junto a mí cuando el coche, resbalando suavemente por su calzada de hierro, bajaba la calle de Serrano, deteniéndose alguna vez para llenar los pocos asientos que quedaban ya vacíos. Íbamos tan estrechos que me molestaba grandemente el paquete de libros que conmigo llevaba, y ya le ponía sobre esta rodilla, ya sobre la otra, ya por fin me resolví a sentarme sobre él, temiendo molestar a la señora inglesa, a quien cupo en suerte colocarse a mi siniestra mano.

—¿Y usted a dónde va? —me preguntó Cascajares, mirándome por encima de sus espejuelos azules, lo que hacía el efecto de ser examinado por cuatro ojos.

Contestele evasivamente, y él, deseando sin duda no perder aquel rato sin hacer alguna útil investigación, insistió en sus preguntas diciendo:

—Y Fulanito, ¿qué hace? Y Fulanita, ¿dónde está? con otras indagatorias del mismo jaez, que tampoco tuvieron respuesta cumplida.

Por último, viendo cuán inútiles eran sus tentativas para pegar la hebra, echó por camino más adecuado a su expansivo temperamento y empezó a desembuchar.

—¡Pobre condesa! —dijo expresando con un movimiento de cabeza y un visaje, su desinteresada compasión—. Si hubiera seguido mis consejos no se vería en situación tan crítica.

—¡Ah! es claro —contesté maquinalmente, ofreciendo también el tributo de mi compasión a la señora condesa.

—¡Figúrese usted —prosiguió—, que se han dejado dominar por aquel hombre! Y aquel hombre llegará a ser el dueño de la casa. ¡Pobrecilla! Cree que con llorar y lamentarse se remedia todo, y no. Urge tomar una determinación. Porque ese hombre es un infame, le creo capaz de los mayores crímenes.

—¡Ah! ¡Si es atroz! —dije yo, participando irreflexivamente de su indignación.

—Es como todos los hombres de malos instintos y de baja condición que si se elevan un poco, luego no hay quien los sufra. Bien claro indica su rostro que de allí no puede salir cosa buena.

—Ya lo creo, eso salta a la vista.

—Le explicaré a usted en breves palabras. La condesa es una mujer excelente, angelical, tan discreta como hermosa, y digna por todos conceptos de mejor suerte. Pero está casada con un hombre que no comprende el tesoro que posee, y pasa la vida entregado al juego y a toda clase de entretenimientos ilícitos. Ella entretanto se aburre y llora. ¿Es extraño que trate de sofocar su pena divirtiéndose honestamente aquí y allí, donde quiera que suena un piano? Es más, yo mismo se lo aconsejo y le digo:

«Señora, procure usted distraerse, que la vida se acaba. Al fin el señor conde se ha de arrepentir de sus locuras y se acabarán las penas». Me parece que estoy en lo cierto.

—¡Ah! sin duda —contesté con oficiosidad, continuando en mis adentros tan indiferente como al principio a las desventuras de la condesa.

—Pero no es eso lo peor —añadió Cascajares, golpeando el suelo con su bastón—, sino que ahora el señor conde ha dado en la flor de estar celoso... sí, de cierto joven que se ha tomado a pechos la empresa de distraer a la condesa.

—El marido tendrá la culpa de que lo consiga.

—Todo eso sería insignificante, porque la condesa es la misma virtud; todo eso sería insignificante, digo, si no existiera un hombre abominable que sospecho ha de causar un desastre en aquella casa.

—¿De veras? ¿Y quién es ese hombre? —pregunté con una chispa de curiosidad.

—Un antiguo mayordomo muy querido del conde, y que se ha propuesto martirizar a la infeliz cuanto sensible señora. Parece que se ha apoderado de cierto secreto que la compromete, y con esta arma pretende... qué sé yo... ¡Es una infamia!

—Sí que lo es, y ello merece un ejemplar castigo —dije yo, descargando también el peso de mis iras sobre aquel hombre.

—Pero ella es inocente; ella es un ángel... Pero, ¡calle!, estamos en la Cibeles. Sí: ya veo a la derecha el parque de Buenavista. Mande usted parar, mozo; que no soy de los que hacen la gracia de saltar cuando el coche está en marcha, para descalabrarse contra los adoquines. Adiós, mi amigo, adiós.

Paró el coche y bajó D. Dionisio Cascajares y de la Vallina, después de darme otro apretón de manos y de causar segundo desperfecto en el sombrero de la dama inglesa, aún no repuesta del primitivo susto.

— II —

Siguió el ómnibus su marcha y ¡cosa singular! yo a mi vez seguí pensando en la incógnita condesa, en su cruel y suspicaz consorte, y sobre todo en el hombre siniestro que, según la enérgica expresión del médico, a punto estaba de causar un desastre en la casa. Considera, lector, lo que es el humano pensamiento: cuando Cascajares principió a referirme aquellos sucesos, yo renegaba de su inoportunidad y pesadez, mas poco tardó mi mente en apoderarse de aquel mismo asunto, para darle vueltas de arriba abajo, operación psicológica que no deja de ser estimulada por la regular marcha del coche y el sordo y monótono rumor de sus ruedas, limando el hierro de los carriles.

Pero al fin dejé de pensar en lo que tan poco me interesaba, y recorriendo con la vista el interior del coche, examiné uno por uno a mis compañeros de viaje. ¡Cuán distintas caras y cuán diversas expresiones! Unos parecen no inquietarse ni lo más mínimo de los que van a su lado; otros pasan revista al corrillo con impertinente curiosidad; unos están alegres, otros tristes, aquel bosteza, el de más allá ríe, y a pesar de la brevedad del trayecto, no hay uno que no desee terminarlo pronto. Pues entre los mil fastidios de la existencia, ninguno aventaja al que consiste en estar una docena de personas mirándose las caras sin decirse palabra, y contándose recíprocamente sus arrugas, sus lunares, y este o el otro accidente observado en el rostro o en la ropa.

Es singular este breve conocimiento con personas que no hemos visto y que probablemente no volveremos a ver. Al entrar, ya encontramos a alguien; otros vienen después que estamos allí; unos se marchan, quedándonos nosotros, y por último también nos vamos. Imitación es esto de la vida humana, en que el nacer y el morir son como las entradas y salidas a que me refiero, pues van renovando sin cesar en generaciones de viajeros el pequeño mundo que allí dentro vive. Entran, salen; nacen, mueren... ¡Cuántos han pasado por aquí antes que nosotros! ¡Cuántos vendrán después!

Y para que la semejanza sea más completa, también hay un mundo chico de pasiones en miniatura dentro de aquel cajón. Muchos van allí que se nos antojan excelentes personas, y nos agrada su aspecto y hasta les vemos salir con disgusto. Otros, por el contrario, nos revientan desde que les echamos la vista encima: les aborrecemos durante diez minutos; examinamos con cierto rencor sus caracteres frenológicos y sentimos verdadero gozo al verles salir. Y en tanto sigue corriendo el vehículo, remedo de la vida humana; siempre recibiendo y soltando, uniforme, incansable, majestuoso, insensible a lo que pasa en su interior; sin que le conmuevan ni poco ni mucho las mal sofocadas pasioncillas de que es mudo teatro: siempre corriendo, corriendo sobre las dos interminables paralelas de hierro, largas y resbaladizas como los siglos.

Pensaba en esto mientras el coche subía por la calle de Alcalá, hasta que me sacó del golfo de tan revueltas cavilaciones el golpe de mi paquete de libros al caer al suelo. Recogilo al instante; mis ojos se fijaron en el pedazo de periódico que servía de envoltorio a los volúmenes, y maquinalmente leyeron medio renglón de lo que allí estaba impreso. De súbito, sentí vivamente picada mi curiosidad: había leído algo que me interesaba, y ciertos nombres esparcidos en el pedazo de folletín hirieron a un tiempo la vista y el recuerdo. Busqué el principio y no lo hallé: el papel estaba roto, y únicamente pude leer, con curiosidad primero y después con afán creciente, lo que sigue:

«Sentía la condesa una agitación indescriptible. La presencia de Mudarra, el insolente mayordomo, que olvidando su bajo origen atrevíase a poner los ojos en persona tan alta, le causaba continua zozobra. El infame la estaba espiando sin cesar, la vigilaba como se vigila a un preso. Ya no le detenía ningún respeto, ni era obstáculo a su infame asechanza la sensibilidad y delicadeza de tan excelente señora.

»Mudarra penetró a deshora en la habitación de la condesa, que pálida y agitada, sintiendo a la vez vergüenza y terror, no tuvo ánimo para despedirle.

»—No se asuste usía, señora condesa —dijo con forzada y siniestra sonrisa, que aumentó la turbación de la dama—; no vengo a hacer a usía daño alguno.

»—¡Oh, Dios mío! ¡Cuándo acabará este suplicio, —exclamó la dama, dejando caer sus brazos con desaliento—. Salga usted; yo no puedo acceder a sus deseos. ¡Qué infamia! ¡Abusar de ese modo de mi debilidad, y de la indiferencia de mi esposo, único autor de tantas desdichas!

»—¿Por qué tan arisca señora condesa? —añadió el feroz mayordomo—. Si yo no tuviera el secreto de su perdición en mi mano; si yo no pudiera imponer al señor conde de ciertos particulares... pues... referentes a aquel caballerito... Pero, no abusaré, no, de estas terribles armas. Usted me comprenderá al fin, conociendo cuán desinteresado es el grande amor que ha sabido inspirarme.

»Al decir esto, Mudarra dio algunos pasos hacia la condesa, que se alejó con horror y repugnancia de aquel monstruo.

»Era Mudarra un hombre como de cincuenta años, moreno, rechoncho y patizambo, de cabellos ásperos y en desorden, grande y colmilluda la boca. Sus ojos medio ocultos tras la frondosidad de largas, negras y espesísimas cejas, en aquellos instantes expresaban la más bestial concupiscencia.

»—¡Ah puerco espín! —exclamó con ira al ver el natural despego de la dama—. ¡Qué desdicha no ser un mozalbete almidonado! Tanto remilgo sabiendo que puedo informar al señor conde... Y me creerá, no lo dude usía: el señor conde tiene en mí tal confianza, que lo que yo digo es para él el mismo Evangelio... pues... y como está celoso... si yo le presento el papelito...

»—¡Infame! —gritó la condesa con noble arranque de indignación y dignidad—. Yo soy inocente; y mi esposo no será capaz de prestar oídos a tan viles calumnias. Y aunque fuera culpable prefiero mil veces ser despreciada por mi marido y por todo el mundo, a comprar mi tranquilidad a ese precio. Salga usted de aquí al instante.

»—Yo también tengo mal genio, señora condesa —dijo el mayordomo devorando su rabia—; yo también gasto mal genio, y cuando me amosco... Puesto que usía lo toma por la tremenda, vamos por la tremenda. Ya sé lo que tengo que hacer, y demasiado condescendiente he sido hasta aquí. Por última vez propongo a usía que seamos amigos, y no me ponga en el caso de hacer un disparate... con que señora mía...

»Al decir esto Mudarra contrajo la pergaminosa piel y los rígidos tendones de su rostro haciendo una mueca parecida a una sonrisa, y dio algunos pasos como para sentarse en el sofá junto a la condesa. Esta se levantó de un salto gritando:

»—No; ¡salga usted! ¡Infame! Y no tener quien me defienda... ¡Salga usted!»

«El mayordomo, entonces, era como una fiera a quien se escapa la presa que ha tenido un momento antes entre sus uñas. Dio un resoplido, hizo un gesto de amenaza y salió despacio con pasos muy quedos. La condesa, trémula y sin aliento, refugiada en la extremidad del gabinete, sintió las pisadas que alejándose se perdían en la alfombra de la habitación inmediata, y respiró al fin cuando le consideró lejos. Cerró las puertas y quiso dormir; pero el sueño huía de sus ojos, aún aterrados con la imagen del monstruo.

»Capítulo XI. —El Complot—. Mudarra, al salir de la habitación de la condesa, se dirigió a la suya, y dominado por fuerte inquietud nerviosa, comenzó a registrar cartas y papeles diciendo entre dientes: «Ya no me aguanto más; me las pagará todas juntas.» Después se sentó, tomó la pluma, y poniendo delante una de aquellas cartas, y examinándola bien, empezó a escribir otra, tratando de remedar la letra. Mudaba la vista con febril ansiedad del modelo a la copia, y por último, después de gran trabajo escribió con caracteres enteramente iguales a los del modelo, la carta siguiente, cuyo sentido era de su propia cosecha: Había prometido a usted una entrevista y me apresuro...»

El folletín estaba roto y no pude leer más.

— III —

Sin apartar la vista del paquete, me puse a pensar en la relación que existía entre las noticias sueltas que oí de boca del Sr. Cascajares y la escena leída en aquel papelucho, folletín, sin duda, traducido de alguna desatinada novela de Ponson du Terrail o de Montepin. Será una tontería, dije para mí, pero es lo cierto que ya me inspira interés esa señora condesa, víctima de la barbarie de un mayordomo imposible, cual no existe sino en la trastornada cabeza de algún novelista nacido para aterrar a las gentes sencillas. ¿Y qué haría el maldito para vengarse? Capaz sería de imaginar cualquiera atrocidad de esas que ponen fin a un capítulo de sensación. ¿Y el conde, qué hará? Y aquel mozalbete de quien hablaron, Cascajares en el coche y Mudarra en el folletín, ¿qué hará, quién será? ¿Qué hay entre la condesa y ese incógnito caballerito? Algo daría por saber...

Esto pensaba, cuando alcé los ojos, recorrí con ellos el interior del coche, y ¡horror! vi una persona que me hizo estremecer de espanto. Mientras estaba yo embebido en la interesante lectura del pedazo de folletín, el tranvía se había detenido varias veces para tomar o dejar algún viajero. En una de estas ocasiones había entrado aquel hombre, cuya súbita presencia me produjo tan grande impresión. Era él, Mudarra, el mayordomo en persona, sentado frente a mí, con sus rodillas tocando mis rodillas. En un segundo le examiné de pies a cabeza y reconocí las facciones cuya descripción había leído. No podía ser otro: hasta los más insignificantes detalles de su vestido indicaban claramente que era él. Reconocí la tez morena y lustrosa, los cabellos indomables, cuyas mechas surgían en opuestas direcciones como las culebras de Medusa, los ojos hundidos bajo la espesura de unas agrestes cejas, las barbas, no menos revueltas e incultas que el pelo, los pies torcidos hacia dentro como los de los loros, y en fin, la misma mirada, el mismo hombre en el aspecto, en el traje, en el respirar, en el toser, hasta en el modo de meterse la mano en el bolsillo para pagar.

De pronto le vi sacar una cartera, y observé que este objeto tenía en la cubierta una gran M dorada, la inicial de su apellido. Abriola, sacó una carta y miró el sobre con sonrisa de demonio, y hasta me pareció que decía entre dientes:

«¡Qué bien imitada está la letra!» En efecto, era una carta pequeña, con el sobre garabateado por mano femenina. Lo miró bien, recreándose en su infame obra, hasta que observó que yo con curiosidad indiscreta y descortés alargaba demasiado el rostro para leer el sobrescrito. Dirigiome una mirada que me hizo el efecto de un golpe, y guardó su cartera.

El coche seguía corriendo, y en el breve tiempo necesario para que yo leyera el trozo de novela, para que pensara un poco en tan extrañas cosas, para que viera al propio Mudarra, novelesco, inverosímil, convertido en ser vivo y compañero mío en aquel viaje, había dejado atrás la calle de Alcalá, atravesaba la Puerta del Sol y entraba triunfante en la calle Mayor, abriéndose paso por entre los demás coches, haciendo correr a los carromatos rezagados y perezosos, y ahuyentando a los peatones, que en el tumulto de la calle, y aturdidos por la confusión de tantos y tan diversos ruidos, no ven a la mole que se les viene encima sino cuando ya la tienen a muy poca distancia.

Seguía yo contemplando aquel hombre como se contempla un objeto de cuya existencia real no estamos seguros, y no quité los ojos de su repugnante facha hasta que no le vi levantarse, mandar parar el coche y salir, perdiéndose luego entre el gentío de la calle.

Salieron y entraron varias personas y la decoración viviente del coche mudó por completo.

Cada vez era más viva la curiosidad que me inspiraba aquel suceso, que al principio podía considerar como forjado exclusivamente en mi cabeza por la coincidencia de varias sensaciones ocasionadas por la conversación o por la lectura, pero que al fin se me figuraba cosa cierta y de indudable realidad.

Cuando salió el hombre en quien creí ver el terrible mayordomo, quedeme pensando en el incidente de la carta y me lo expliqué a mi manera, no queriendo ser en tan delicada cuestión menos fecundo que el novelista, autor de lo que momentos antes había leído. Mudarra, pensé, deseoso de vengarse de la condesa ¡oh, infortunada señora! finge su letra y escribe una carta a cierto caballerito, con quien hubo esto y lo otro, y lo de más allá. En la carta le da una cita en su propia casa; llega el joven a la hora indicada y poco después el marido, a quien se ha tenido cuidado de avisar, para que coja in fraganti a su desleal esposa: ¡oh admirable recurso del ingenio! Esto, que en la vida tiene su pro y su contra, en una novela viene como anillo al dedo. La dama se desmaya, el amante se turba, el marido hace una atrocidad, y detrás de la cortina está el fatídico semblante del mayordomo que se goza en su endiablada venganza.

Lector yo de muchas y muy malas novelas, di aquel giro a la que insensiblemente iba desarrollándose en mi imaginación por las palabras de mi amigo, la lectura de un trozo de papel y la vista de un desconocido.

— IV —

Andando, andando seguía el coche y ya por causa del calor que allí dentro se sentía, ya porque el movimiento pausado y monótono del vehículo produce cierto marco que degenera en sueño, lo cierto es que sentí pesados los párpados, me incliné del costado izquierdo, apoyando el codo en el paquete de libros, y cerré los ojos. En esta situación continué viendo la hilera de caras de ambos sexos que ante mí tenía, barbadas unas, limpias de pelo las otras, aquellas riendo, otras muy acartonadas y serias. Después me pareció que obedeciendo a la contracción de un músculo común, todas aquellas caras hacían muecas y guiños, abriendo y cerrando los ojos y las bocas, y mostrándome alternativamente una serie de dientes que variaban desde los más blancos hasta los más amarillos, afilados unos, romos y gastados los otros. Aquellas ocho narices erigidas bajo diez y seis ojos diversos en color y expresión, crecían o menguaban, variando de forma; las bocas se abrían en línea horizontal, produciendo mudas carcajadas, o se estiraban hacia adelante formando hocicos puntiagudos, parecidos al interesante rostro de cierto benemérito animal que tiene sobre sí el anatema de no poder ser nombrado.

Por detrás de aquellas ocho caras, cuyos horrendos visajes he descrito, y al través de las ventanillas del coche, yo veía la calle, las casas y los transeúntes, todo en veloz carrera, como si el tranvía anduviera con rapidez vertiginosa. Yo por lo menos creía que marchaba más aprisa que nuestros ferrocarriles, más que los franceses, más que los ingleses, más que los norteamericanos; corría con toda la velocidad que puede suponer la imaginación, tratándose de la traslación de lo sólido.

A medida que era más intenso aquel estado letargoso, se me figuraba que iban desapareciendo las casas, las calles, Madrid entero. Por un instante creí que el tranvía corría por lo más profundo de los mares: al través de los vidrios se veían los cuerpos de cetáceos enormes, los miembros pegajosos de una multitud de pólipos de diversos tamaños. Los peces chicos sacudían sus colas resbaladizas contra los cristales, y algunos miraban adentro con sus grandes y dorados ojos. Crustáceos de forma desconocida, grandes moluscos, madréporas, esponjas y una multitud de bivalvos grandes y deformes cual nunca yo los había visto, pasaban sin cesar. El coche iba tirado por no sé qué especie de nadantes monstruos, cuyos remos, luchando con el agua, sonaban como las paletadas de una hélice, tornillaban la masa líquida, con su infinito voltear.

Esta visión se iba extinguiendo: después pareciome que el coche corría por los aires, volando en dirección fija y sin que lo agitaran los vientos. Al través de los cristales no se veía nada, más que espacio: las nubes nos envolvían a veces; una lluvia violenta y repentina tamborileaba en la imperial; de pronto salíamos al espacio puro, inundado de sol, para volver de nuevo a penetrar en el vaporoso seno de celajes inmensos, ya rojos, ya amarillos, tan pronto de ópalo como de amatista, que iban quedándose atrás en nuestra marcha. Pasábamos luego, por un sitio del espacio en que flotaban masas resplandecientes de un finísimo polvo de oro: más adelante, aquella polvareda que a mí se me antojaba producida por el movimiento de las ruedas triturando la luz, era de plata, después verde como harina de esmeraldas, y por último, roja como harina de rubís. El coche iba arrastrado por algún volátil apocalíptico, más fuerte que el hipogrifo y más atrevido que el dragón; y el rumor de las ruedas y de la fuerza motriz recordaba el zumbido de las grandes aspas de un molino de viento, o más bien el de un abejorro del tamaño de un elefante. Volábamos por el espacio sin fin, sin llegar nunca; entre tanto la tierra quedábase abajo, a muchas leguas de nuestros pies; y en la tierra, España, Madrid, el barrio de Salamanca, Cascajares, la condesa, el conde, Mudarra, el incógnito galán, todos ellos.

Pero no tardé en dormirme profundemente; y entonces el coche cesó de andar, cesó de volar, y desapareció para mí la sensación de que iba en el tal coche, no quedando más que el ruido monótono y profundo de las ruedas, que no nos abandona jamás en nuestras pesadillas dentro de un tren o en el camarote de un vapor. Me dormí... ¡Oh infortunada condesa!, la vi tan clara como estoy viendo en este instante el papel en que escribo; la vi sentada junto a un velador, la mano en la mejilla, triste y meditabunda como una estatua de la melancolía. A sus pies estaba acurrucado un perrillo, que me pareció tan triste como su interesante ama.

Entonces pude examinar a mis anchas a la mujer que yo consideraba como la desventura en persona. Era de alta estatura, rubia, con grandes y expresivos ojos, nariz fina, y casi, casi grande, de forma muy correcta y perfectamente engendrada por las dos curvas de sus hermosas y arqueadas cejas. Estaba peinada sin afectación, y en esto, como en su traje, se comprendía que no pensaba salir aquella noche. ¡Tremenda, mil veces tremenda noche! Yo observaba con creciente ansiedad la hermosa figura que tanto deseaba conocer, y me pareció que podía leer sus ideas en aquella noble frente donde la costumbre de la reconcentración mental había trazado unas cuantas líneas imperceptibles, que el tiempo convertiría pronto en arrugas.

De repente se abre la puerta dando paso a un hombre. La condesa dio un grito de sorpresa y se levantó muy agitada.

—¿Qué es esto? —dijo—. Rafael. Usted... ¿Qué atrevimiento? ¿Cómo ha entrado usted aquí?

—Señora —contestó el que había entrado, joven de muy buen porte—. ¿No me esperaba usted? He recibido una carta suya...

—¡Una carta mía! —exclamó más agitada la condesa—. Yo no he escrito carta ninguna. ¿Y para qué había de escribirla?

—Señora, vea usted —repuso el joven sacando la carta y mostrándosela—; es su letra, su misma letra.

—¡Dios mío! ¡Qué infernal maquinación! —dijo la dama con desesperación—. Yo no he escrito esa carta. Es un lazo que me tienden...

—Señora, cálmese usted... yo siento mucho...

—Sí; lo comprendo todo... Ese hombre infame... Ya sospecho cuál habrá sido su idea. Salga usted al instante... Pero ya es tarde; ya siento la voz de mi marido.

En efecto, una voz atronadora se sintió en la habitación inmediata, y al poco entró el conde, que fingió sorpresa de ver al galán, y después riendo con cierta afectación, le dijo:

—¡Oh Rafael!, usted por aquí... ¡Cuánto tiempo!... Venía usted a acompañar a Antonia... Con eso nos acompañará a tomar el té.

La condesa y su esposo cambiaron una mirada siniestra. El joven, en su perplejidad, apenas acertó a devolver al conde su saludo. Vi que entraron y salie-ron criados; vi que trajeron un servicio de té y desaparecieron después, dejando so-los a los tres personajes. Iba a pasar algo te-rrible.

Sentáronse: la condesa parecía di-funta, el conde afectaba una hilaridad aturdida, semejante a la embriaguez, y el joven callaba, contestándole sólo con monosílabos. Sirvió el té, y el conde alargó a Rafael una de las tazas, no una cualquiera, sino una determinada. La condesa miró aquella taza con tal expresión de espanto, que pareció echar en ella todo su espíritu. Bebieron en silencio, acompañando la poción con muchas variedades de las sabrosas pastas Huntley and Palmers, y otras menuden-cias propias de tal clase de cena. Después el conde volvió a reír con la desaforada y ruidosa expansión que le era peculiar aquella noche, y dijo:

—¡Cómo nos aburrimos! Usted, Rafael, no dice una palabra. Antonia, toca algo. Hace tanto tiempo que no te oímos. Mira... aquella pieza de Gottschalk que se titula *Morte*... La tocabas admirablemente. Vamos, ponte al piano.

La condesa quiso hablar, érale imposible articular palabra. El conde la miró de tal modo, que la infeliz cedió ante la terrible expresión de sus ojos, como la paloma fascinada por el boa constrictor. Se levantó dirigiéndose al piano, y ya allí, el marido debió decirle algo que la aterro más, acabando de ponerla bajo su infernal dominio. Sonó el piano, heridas a la vez multitud de cuerdas, y corriendo de las graves a las agudas, las manos de la dama despertaron en un segundo los centenares de sonidos que dormían mudos en el fondo de la caja. Al principio era la música una confusa reunión de sones que aturdía en vez de agradar; pero luego serenose aquella tempestad, y un canto fúnebre y temeroso como el Dies irae surgió de tal desorden. Yo creía escuchar el son triste de un coro de cartujos, acompañado con el bronco mugido de los fagots. Sentíanse después ayes lastimeros como nos figuramos han de ser los que exhalan las ánimas, condenadas en el pur-gatorio a pedir incesantemente un perdón que ha de llegar muy tarde.

Volvían luego los arpegios prolongados y ruidosos, y las notas se encabritaban unas sobre otras como disputándose cuál ha de llegar primero. Se hacían y deshacían los acordes, como se forma y desbarata la espuma de las olas. La armonía fluctuaba y hervía en una marejada sin fin, alejándose hasta perderse, y volviendo más fuerte en grandes y atropellados remolinos.

Yo continuaba extasiado oyendo la música imponente y majestuosa; no podía ver el semblante de la condesa, sentada de espaldas a mí; pero me la figuraba en tal estado de aturdimiento y pavor, que llegué a pensar que el piano se tocaba solo.

El joven estaba detrás de ella, el conde a su derecha, apoyado en el piano. De vez en cuando levantaba ella la vista para mirarle, pero debía encontrar expresión muy horrenda en los ojos de su consorte, porque tornaba a bajar los suyos y seguía tocando. De repente el piano cesó de sonar y la condesa dio un grito.

En aquel instante sentí un fortísimo golpe en un hombro, me sacudí violentamente y desperté.

— V —

En la agitación de mi sueño había cambiado de postura y me había dejado caer sobre la venerable inglesa que a mi lado iba.

—¡Aaah!, usted... *sleeping...* molestar... me —dijo con avinagrado mohín, mientras rechazaba mi paquete de libros que había caído sobre sus rodillas.

—Señora... es verdad... me dormí — contesté turbado al ver que todos los viajeros se reían de aquella escena.

—¡Ooo... yo soy... *going... to* decir al *coachman...* usted molestar... mi... usted, caballero... *very shocking* —añadió la inglesa en su jerga ininteligible—: ¡Oooh!, usted creer... *my body* es... su cama *for* usted... to *sleep.* ¡Oooh! *gentleman, you are a stupid ass.*

Al decir esto, la hija de la Gran

Bretaña, que era de sí bastante amoratada, estaba lo mismo que un tomate. Creyérase que la sangre agolpada a sus carrillos y a su nariz a brotar iba por sus candentes poros. Me mostraba cuatro dientes puntiagudos y muy blancos, como si me quisiera roer. Le pedí mil perdones por mi sueño descortés, recogí mi paquete y pasé revista a las nuevas caras que dentro del coche había. Figúrate, ¡oh cachazudo y benévolo lector! cuál sería mi sorpresa cuando vi frente a mí ¿a quién creerás? al joven de la escena soñada, al mismo D. Rafael en persona. Me restregué los ojos para convencerme de que no dormía, y en efecto, despierto estaba, y tan despierto como ahora.

Era él mismo, y conversaba con otro que a su lado iba. Puse atención y escuché con toda mi alma.

—¿Pero tú no sospechaste nada? —le decía el otro.

—Algo, sí; pero callé. Parecía difunta; tal era su terror. Su marido la mandó tocar el piano y ella no se atrevió a resistir. Tocó, como siempre, de una manera admirable, y oyéndola llegué a olvidarme de la peligrosa situación en que nos encontrábamos. A pesar de los esfuerzos que ella hacía para aparecer serena, llegó un momento en que le fue imposible fingir más. Sus brazos se aflojaron, y resbalando de las teclas echó la cabeza atrás y dio un grito. Entonces su marido sacó un puñal, y dando un paso hacia ella exclamó con furia: «Toca o te mato al instante». Al ver esto hirvió mi sangre toda: quise echarme sobre aquel miserable; pero sentí en mi cuerpo una sensación que no puedo pintarte; creí que repentinamente se había encendido una hoguera en mi estómago; fuego corría por mis venas; las sienes me latieron, y caí al suelo sin sentido.

—Y antes, ¿no conocistes los síntomas del envenenamiento? —le preguntó el otro.

—Notaba cierta desazón y sospeché vagamente, pero nada más. El veneno estaba bien preparado, porque hizo el efecto tarde y no me mató, aunque me ha dejado una enfermedad para toda la vida.

—Y después que perdiste el sentido, ¿qué pasó?

Rafael iba a contestar y yo le escuchaba como si de sus palabras pendiera un secreto de vida o muerte, cuando el coche paró.

—¡Ah!, ya estamos en los Consejos: bajemos —dijo Rafael.

¡Qué contrariedad! Se marchaban, y yo no sabía el fin de la historia.

—Caballero, caballero, una palabra —dije al verlos salir.

El joven se detuvo y me miró.

—¿Y la condesa? ¿Qué fue de esa señora? —pregunté con mucho afán.

Una carcajada general fue la única respuesta. Los dos jóvenes riéndose también, salieron sin contestarme palabra. El único ser vivo que conservó su serenidad de esfinge en tan cómica escena fue la inglesa, que indignada de mis extravagancias, se volvió a los demás viajeros diciendo:

—¡Oooh! *A lunatic fellow.*

— VI —

El coche seguía, y a mí me abrasaba la curiosidad por saber qué había sido de la desdichada condesa. ¿La mató su marido? Yo me hacía cargo de las intenciones de aquel malvado. Ansioso de gozarse en su venganza, como todas las almas crueles, quería que su mujer presenciase, sin dejar de tocar, la agonía de aquel incauto joven llevado allí por una vil celada de Mudarra.

Mas era imposible que la dama continuara haciendo desesperados esfuerzos para mantener su serenidad, sabiendo que Rafael había bebido el veneno. ¡Trágica y espeluznante escena! —pensaba, yo, más convencido cada vez de la realidad de aquel suceso— ¡y luego dirán que estas cosas sólo se ven en las novelas!

Al pasar por delante de Palacio el

coche se detuvo, y entró una mujer que traía un perrillo en sus brazos. Al instante reconocí al perro que había visto recostado a los pies de la condesa; era el mismo, la misma lana blanca y fina, la misma mancha negra en una de sus orejas. La suerte quiso que aquella mujer se sentara a mi lado. No pudiendo yo resistir la curiosidad, le pregunté:

—¿Es de usted ese perro tan bonito?

—¿Pues de quién ha de ser? ¿Le gusta a usted?

Cogí una de las orejas del inteligente animal para hacerle una caricia; pero él, insensible a mis demostraciones de cariño, ladró, dio un salto y puso sus patas sobre las rodillas de la inglesa, que me volvió a enseñar sus dos dientes como queriéndome roer, y exclamó:

—¡Ooooh! usted... *unsupportable.*

—¿Y dónde ha adquirido usted ese perro? —pregunté sin hacer caso de la nueva explosión colérica de la mujer británica—. ¿Se puede saber?

—Era de mi señorita.

—¿Y qué fue de su señorita? —dije con la mayor ansiedad.

—¡Ah! ¿Usted la conocía? —repuso la mujer—. Era muy buena, *¿verdá usté*?

—¡Oh! excelente... Pero ¿podría yo saber en qué paró todo aquello?

—De modo que usted está enterado, usted tiene noticias...

—Sí, señora... He sabido todo lo que ha pasado, hasta aquello del té... pues. Y diga usted ¿murió la señora?

—¡Ah! sí señor: está en la gloria.

—¿Y cómo fue eso? ¿La asesinaron, o fue a consecuencia del susto?

—¡Qué asesinato, ni qué susto! —dijo con expresión burlona—. Usted no está enterado. Fue que aquella noche había comido no sé qué, pues... y le hizo daño...

Le dio un desmayo que le duró hasta el amanecer.

—Bah —pensé yo— esta no sabe una palabra del incidente del piano y del veneno, o no quiere darse por entendida.

Después dije en alta voz:

—¿Conque fue de indigestión?

—Sí, señor. Yo le había dicho aquella noche: «señora: no coma usted esos mariscos»; pero no me hizo caso.

—Conque mariscos ¿eh? —dije con incredulidad—. Si sabré yo lo que ha ocurrido.

—¿No lo cree usted?

—Sí... sí —repuse aparentando creerlo—. ¿Y el conde... su marido, el que sacó el puñal cuando tocaba el piano?

La mujer me miró un instante y después soltó la risa en mis propias barbas.

—¿Se ríe usted...? ¡Bah! ¿Piensa usted que no estoy perfectamente enterado?

Ya comprendo, usted no quiere contar los hechos como realmente son. Ya se ve, como habrá causa criminal...

—Es que ha hablado usted de un conde y de una condesa.

—¿No era el ama de ese perro la señora condesa, a quien el mayordomo Mudarra...?

La mujer volvió a soltar la risa con tal estrépito, que me desconcerté diciendo para mi capote: Esta debe de ser cómplice de Mudarra, y naturalmente ocultará todo lo que pueda.

—Usted está loco —añadió la desconocida.

—*Lunatic, lunatic. Me... suffocated...* ¡Oooh! ¡*My God*!

—Si lo sé todo: vamos, no me lo oculte usted. Dígame de qué murió la señora condesa.

—¡Qué condesa ni que ocho cuartos,

hombre de Dios! —exclamó la mujer riendo con más fuerza.

—¡Si creerá usted que me engaña a mí con sus risitas! —contesté—. La condesa ha muerto envenenada o asesinada; no me queda la menor duda.

En esto llegó el coche al barrio de Pozas y yo al término de mi viaje. Salimos todos: la inglesa me echó una mirada que indicaba su regocijo por verse libre de mí, y cada cual se dirigió a su destino. Yo seguí a la mujer del perro aturdiéndola con preguntas, hasta que se metió en su casa, riendo siempre de mi empeño en averiguar vidas ajenas. Al verme solo en la calle, recordé el objeto de mi viaje y me dirigí a la casa donde debía entregar aquellos libros. Devolvilos a la persona que me los había prestado para leerlos, y me puse a pasear frente al Buen Suceso, esperando a que saliese de nuevo el coche para regresar al otro extremo de Madrid.

No podía apartar de la imaginación a la infortunada condesa, y cada vez me confirmaba más en mi idea de que la mujer con quien últimamente hablé había querido engañarme, ocultando la verdad de la misteriosa tragedia.

Esperé mucho tiempo, y al fin, anocheciendo ya, el coche se dispuso a partir. Entré, y lo primero que mis ojos vieron fue la señora inglesa sentadita donde antes estaba. Cuando me vio subir y tomar sitio a su lado, la expresión de su rostro no es definible; se puso otra vez como la grana, exclamando:

—¡Oooh!... usted... mi quejarme al *coachman*... usted reventar *me for it*.

Tan preocupado estaba yo con mis confusiones, que sin hacerme cargo de lo que la inglesa me decía en su híbrido y trabajoso lenguaje, le contesté:

—Señora, no hay duda de que la condesa murió envenenada o asesinada.

Usted no tiene idea de la ferocidad de aquel hombre.

Seguía el coche, y de trecho en trecho deteníase para recoger pasajeros. Cerca del palacio real entraron tres, tomando asiento enfrente de mí. Uno de ellos era un hombre alto, seco y huesudo, con muy severos ojos y un hablar campanudo que imponía respeto.

No hacía diez minutos que estaban allí, cuando este hombre se volvió a los otros dos y dijo:

—¡Pobrecilla! ¡Cómo clamaba en sus últimos instantes! La bala le entró por encima de la clavícula derecha y después bajó hasta el corazón.

—¿Cómo? —exclamé yo repentinamente—. ¿Conque fue de un tiro? ¿No murió de una puñalada?

Los tres me miraron con sorpresa.

—De un tiro, señor —dijo con cierto desabrimiento el alto, seco y huesoso.

—Y aquella mujer sostenía que había muerto de una indigestión —dije interesándome más cada vez en aquel asunto—. Cuente usted ¿y cómo fue?

—¿Y a usted qué le importa? —dijo el otro con muy avinagrado gesto.

—Tengo mucho interés por conocer el fin de esa horrorosa tragedia. ¿No es verdad que parece cosa de novela?

—¿Qué novela ni qué niño muerto? Usted está loco o quiere burlarse de nosotros.

—Caballerito, cuidado con las bromas —añadió el alto y seco.

—¿Creen ustedes que no estoy enterado? Lo sé todo, he presenciado varias escenas de ese horrendo crimen. Pero dicen ustedes que la condesa murió de un pistoletazo.

—Válgame Dios: nosotros no hemos hablado de condesa, sino de mi perra, a quien cazando disparamos inadvertidamente un tiro. Si usted quiere bromear, puede buscarme en otro sitio, y ya le contestaré como merece.

—Ya, ya comprendo: ahora hay empeño en ocultar la verdad —manifesté juzgando que aquellos hombres querían desorientarme en mis pesquisas, convirtiendo en perra a la desdichada señora.

Ya preparaba el otro su contestación, sin duda, más enérgica de lo que el caso requería, cuando la inglesa se llevó el dedo a la sien, como para indicarles que yo no regía bien de la cabeza. Calmáronse con esto, y no dijeron una palabra más en todo el viaje, que terminó para ellos en la Puerta del Sol. Sin duda me habían tenido miedo.

Yo continuaba tan dominado por aquella idea, que en vano quería serenar mi espíritu, razonando los verdaderos términos de tan embrollada cuestión. Pero cada vez eran mayores mis confusiones, y la imagen de la pobre señora no se apartaba de mi pensamiento. En todos los semblantes que iban sucediéndose dentro del coche, creía ver algo que contribuyera a explicar el enigma. Sentía yo una sobreexcitación cerebral espantosa, y sin duda el trastorno interior debía pintarse en mi rostro, porque todos me miraban como se mira que no se ve todos los días.

— VII —

Aún faltaba algún incidente que había de turbar más mi cabeza en aquel viaje fatal. Al pasar por la calle de Alcalá, entró un caballero con su señora: él quedó junto a mí. Era un hombre que parecía afectado de fuerte y reciente impresión, y hasta creí que alguna vez se llevó el pañuelo a los ojos para enjugar las invisibles lágrimas, que sin duda corrían bajo el cristal verde oscuro de sus descomunales antiparras.

Al poco rato de estar allí, dijo en voz baja a la que parecía ser su mujer:

—Pues hay sospechas de envenenamiento: no lo dudes. Me lo acaba de decir D. Mateo. ¡Desdichada mujer!

—¡Qué horror! Ya me lo he figurado también —contestó su consorte—. ¿De tales cafres qué se podía esperar?

—Juro no dejar piedra sobre piedra hasta averiguarlo.

Yo, que era todo oídos, dije también en voz baja:

—Sí señor; hubo envenenamiento. Me consta.

—¿Cómo, usted sabe? ¿Usted también la conocía? —dijo vivamente el de las antiparras verdes, volviéndose hacia mí.

—Sí señor; y no dudo que la muerte ha sido violenta, por más que quieran hacernos creer que fue indigestión.

—Lo mismo afirmo yo. ¡Qué excelente mujer! ¿Pero cómo sabe usted...?

—Lo sé, lo sé —repuse muy satisfecho de que aquel no me tuviera por loco.

—Luego, usted irá a declarar al juzgado; porque ya se está formando la sumaria.

—Me alegro, para que castiguen a

esos bribones. Iré a declarar, iré a declarar, sí señor.

A tal extremo había llegado mi obcecación, que concluí por penetrarme de aquel suceso mitad soñado, mitad leído, y lo creí como ahora creo que es pluma esto con que escribo.

—Pues sí, señor; es preciso aclarar este enigma para que se castigue a los autores del crimen. Yo declararé: fue envenenada con una taza de té, lo mismo que el joven.

—Oye, Petronilla —dijo a su esposa el de las antiparras— con una taza de té.

—Sí, estoy asombrada —contestó la señora—. ¡Cuidado con lo que fueron a inventar esos malditos!

—La condesa tocaba el piano.

—¿Qué condesa? —preguntó aquel hombre interrumpiéndome.

—La condesa, la envenenada.

—Si no se trata de ninguna condesa, hombre de Dios.

—Vamos; usted también es de los empeñados en ocultarlo.

—Bah, bah; si en esto no ha habido ninguna condesa ni duquesa, sino simplemente la lavandera de mi casa, mujer del guardagujas del Norte.

—¿Lavandera, eh? —dije en tono de picardía—. ¡Si también me querrá usted hacer tragar que es lavandera!

El caballero y su esposa me miraron con expresión burlona, y después se dijeron en voz baja algunas palabras. Por un gesto que vi hacer a la señora, comprendí que había adquirido el profundo convencimiento de que yo estaba borracho. Lleneme de resignación ante tal ofensa, y callé, contentándome con despreciar en silencio, cual conviene a las grandes almas, tan irreverente suposición. Cada vez era mayor mi zozobra; la condesa no se apartaba ni un instante de mi pensamiento, y había llegado a interesarme tanto por su siniestro fin, como si todo ello no fuera elaboración enfermiza de mi propia fantasía, impresionada por sucesivas visiones y diálogos. En fin, para que se comprenda a qué extremo llegó mi locura, voy a referir el último incidente de aquel viaje; voy a decir con qué extravagancia puse término al doloroso pugilato de mi entendimiento empeñado en fuerte lucha con un ejército de sombras.

Entraba el coche por la calle de Serrano, cuando por la ventanilla que frente a mí tenía miré a la calle, débilmente iluminada por la escasa luz de los faros, y vi pasar a un hombre. Di un grito de sorpresa, y exclamé desatinado:

—Ahí va, es él, el feroz Mudarra, el autor principal de tantas infamias.

Mandé parar el coche, y salí, mejor dicho, salté a la puerta tropezando con los pies y las piernas de los viajeros; bajé a la calle y corrí tras aquel hombre, gritando:

—¡A ese, a ese, al asesino!

Júzguese cuál sería el efecto producido por estas voces en el pacífico barrio.

Aquel sujeto, el mismo exactamente que yo había visto en el coche por la tarde, fue detenido. Yo no cesaba de gritar:

—¡Es el que preparó el veneno para la condesa, el que asesinó a la condesa!

Hubo un momento de indescriptible confusión. Afirmó él que yo estaba loco; pero quieras que no los dos fuimos conducidos a la prevención. Después perdí por completo la noción de lo que pasaba. No recuerdo lo que hice aquella noche en el sitio donde me encerraron. El recuerdo más vivo que conservo de tan curioso lance, fue el de haber despertado del profundo letargo en que caí, verdadera borrachera moral, producida, no sé por qué, por uno de los pasajeros fenómenos de enajenación que la ciencia estudia con gran cuidado como precursores de la locura definitiva.

Como es de suponer, el suceso no tuvo consecuencias porque el antipático personaje que bauticé con el nombre de Mudarra, es un honrado comerciante de ultramarinos que jamás había envenenado a condesa alguna. Pero aún por mucho tiempo después persistía yo en mi engaño, y solía exclamar: «Infortunada condesa; por más que digan, yo siempre sigo en mis trece. Nadie me persuadirá de que no acabaste tus días a manos de tu iracundo esposo...»

Ha sido preciso que transcurran meses para que las sombras vuelvan al ignorado sitio de donde surgieron volviéndome loco, y torne la realidad a dominar en mi cabeza. Me río siempre que recuerdo aquel viaje, y toda la consideración que antes me inspiraba la soñada víctima la dedico ahora, ¿a quién creeréis? a mi compañera de viaje en aquella angustiosa expedición, a la irascible inglesa, a quien disloqué un pie en el momento de salir atropelladamente del coche para perseguir al supuesto mayordomo.

Primer tranvía de Madrid,
inaugurado el 31 de mayo de 1871

CHOLERA.

Una industria que vive de la muerte; episodio musical del cólera

Publicado en La Nación,
2 y 6 de diciembre de 1865, 22 años

- I -

Un hombre célebre dijo en cierta ocasión que la música era el ruido que menos le molestaba. Aunque nos tache de profanos algún melómano, no nos atrevemos a condenar esta aserción como un desatino, porque no creemos que se perjudique a la música uniéndola al ruido, ni que sea señal de poca cultura el confundir al arte divino con su salvaje compañero; mejor dicho, con su engendrador. Ese hombre célebre que de tal modo hirió la susceptibilidad de los músicos, prefería sin duda la naturaleza al arte, y tal vez encontraba en el ruido más expresión de lo bello que en las hábiles combinaciones del contrapuntista y en los ritmos del confeccionador de melodías.

Efectivamente, en el arte mismo no hay tanta música como en el ruido, si a la atención escrutadora del amante de óperas y conciertos se sustituye la imaginación del amante de la naturaleza, que busca, contemplándola, una fórmula de sentimiento o de belleza; si al criterio de los pases de tonos y de los acordes compactos, de los andantes tristes y los alegros expresivos con que juzga y siente el primero frente a la orquesta, se sustituye la exaltación de espíritu, el estado de abatimiento o de inquietud en que se encuentra el segundo frente a la naturaleza.

Suponiendo al espíritu en un estado de conmoción profunda, basta que resuenen algunas notas en el arpa invisible del ruido, para que produzcan mayores efectos que la música mejor organizada.

Un melancólico vaga entre las sombras de la noche por un campo, por una playa o por las calles de una población, y a su oído llegan confusos rumores producidos por el aire, el mar, las aguas de una fuente, cualquier cosa: su fantasía determina al instante aquel rumor, lo regulariza y le da un ritmo: al fin lo que no es otra cosa que un ruido toma la forma de la música más bella y expresa aún más de lo que este arte pudiera expresar; se reviste de mil accidentes y llega hasta a conmover las fibras más ocultas del corazón; despierta mil imágenes y, extendiendo su dominio, consigue hasta fascinar la vista, en virtud de ese misterioso eslabonamiento que de las ilusiones acústicas nos lleva siempre a las ilusiones ópticas.

Díganlo si no los innumerables poetas cuya musa ha cantado estrofas admirables, engañada por esta supercherÍa del ruido que, émulo constante de su hermana la música, suele disfrazarse con sus atavíos, favorecido por la sombra, la luna, el silencio y la calma, cómplices de toda alucinación, perpetuos exploradores de la credulidad de nuestro espíritu.

Figuraos un amante trasnochador, uno de esos amantes que protege la luna en su casta mirada y envuelve la noche en su oscuridad misteriosa; uno de esos amantes que como Fausto, Romeo o Mario se presentan en un jardín en completa vegetación amorosa, hasta que una mano diabólica viene a sembrar perniciosa cizaña junto a ellos o a arrancarlos de raíz. Este amante espera oculto entre las flores la llegada de su felicidad, y ya se comprenderá que su imaginación está exaltada por sueños de dicha y que en la oscuridad percibe visiones de amor que van pasando ante sus ojos, arrastradas por una onda de voluptuosidad.

El oído está atento como si quisiera escuchar el silencio. De pronto una música divina resuena en derredor: una ráfaga de viento ha pasado sobre las flores conmoviéndolas suavemente. Diríase que los dedos invisibles de un hada han rozado las cuerdas de un laúd: cada hoja lanza un suspiro y multitud de notas se reúnen estremecidas y tímidas para proferir una queja tan apagada y tenue, que parece lamentarse de resonar.

El hombre que espera su felicidad escucha esta armonía sumergido en éxtasis profundo, y siente dilatarse su espíritu como el soñador de visiones celestiales, el ascético que, en medio de la enajenación producida por las mordeduras de su cilicio y las páginas de su Meditación sobre la otra vida, escucha coros celestiales, y ve penetrar en su celda, precedida de ángeles músicos, a la Virgen María que viene a confortarle. Pero algo bello, puro e Inmaculado se presenta ante el hombre que espera su felicidad en Julieta, Margarita o Cosette, y ahora las hojas suenan, mas no impelidas por el viento, sino apartadas por una mano delicada.

Rumores de otra especie se unen a los que antes resonaron. Cerremos los ojos y escuchemos. ¡Cuánta armonía! En la música de ritmos y tonos no hay nada comparable a este concierto de los ruidos, en que una simple ráfaga de viento reúne la mal articulada sílaba del lenguaje amoroso a la oscilación sonora de la flor que se mece; la exclamación ahogada de sorpresa o alegría al tenue susurro de dos ramas que se azotan; el monosílabo de pasión al chasquido del tallo que es pisado; ráfaga traviesa que con delicadeza suma toma el suspiro de los labios de la druida de aquel bosque para confundirlo con el rumor de la flor que se desbarata; rumor debilísimo, casi imperceptible, producido por el suave choque de las hojas que se atropellan cayendo.

Decid, músicos, si hay algo en vuestras sinfonías pastorales y en vuestros epitalamios instrumentados que no sea un remedo pálido de esa tierna y sencilla estrofa cantada por el viento.

¿Y qué diremos de la seda? De ese tejido armonioso, cuyas hebras menudas y rígidas producen cierto ruido argentino, como el que produciría una cabellera de cristal agitada por el viento; ruido que conmueve el sistema nervioso, como el contacto de un cuerpo áspero y frío, e impresiona nuestro tímpano de la misma manera que si algo se rasgara en nuestro cerebro. La seda hace en el salón el mismo efecto que el aire en el jardín. Si a la imaginación del galán que vegeta en los jardines, sustituimos la del galán que completa el ajuar de un lujoso y perfumado gabinete, tendremos el mismo prodigioso efecto: este hombre espera a la débil claridad de una discreta lámpara la llegada de su felicidad, y tras un largo rato de excitación llega a sus oídos un sonido metálico: es un traje de seda que se desliza sobre una alfombra y ondula vibrando en cada mueble notas acompasadas. Esta música resuena en la imaginación del hombre que espera su felicidad con un eco celeste; le conmueve, le fascina, y se siente aletargado, como el sibarita que en medio de la enajenación producida por el opio, sintiera resonar las faldas de la odalisca y la viera penetrar en su cámara saturada de calor y perfume. En efecto, algo parecido a la odalisca, algo bello y lúbrico a la vez se presenta a los ojos del hombre que espera impaciente y exaltado en el gabinete. Es Manon Lescaut, Margarita Gautier o Marione Delorme. Dejemos a los dos amantes: cerremos los ojos y escuchemos. ¿Hay algo en la música de ritmos y tonos comparable a este concierto de una falda que se pliega, de una silla que cae, de un soplo que mata una luz, y de una llama que se apaga aleteando? Decid, señores músicos, todos los detalles del tocador de vuestras traviatas, ¿no son reflejo pálido de esta estrofa cantada por un girón de seda, un mueble y una luz?

Otro ejemplo para concluir. Os desveláis a media noche: entre el silencio sentís dos ruidos secos, precisos, en el techo de vuestra habitación: chas, chas: dos zapatos femeniles acaban de caer sobre el piso del cuarto segundo: una beldad se mete en la cama, y sus zapatos arrojados por su mano hieren el piso sucesivamente: una sirena se sumerge en la onda dejando olvidadas dos notas en el espacio. ¿Qué efecto os producirán estas dos notas? ¿Qué imágenes presentarán a vuestro espíritu exaltado? ¿No seréis capaces de continuar lo comenzado por aquellas dos corcheas, y arreglar en un instante, guiados por ellas, un admirable dúo en que la sirena del piso segundo no tenga la peor parte? Preguntad a esos envanecidos músicos si han escrito alguna vez algo que se parezca a este dúo cantado... por dos zapatos.

Ella es como Dios: está en todas partes: así como Dios no está sólo en los altares, ella no está solamente en las cuerdas del arpa y en los agujeros de la flauta. Siempre se la encuentra hablando por lo bajo, murmurando penas o alegrías, ya escondida bajo las hojas, ya correteando entre las aguas, ora acurrucada entre las sábanas de un lecho, ora rasgando las rígidas hebras de un pedazo de seda.

Ciertas perspectivas sublimes de la naturaleza elevan el alma hacia Dios, y ciertos rumores elevan la imaginación hacia la música. El alma vuela a la contemplación del Creador y la imaginación penetra en el foco de la armonía. El lenguaje misterioso que el ruido habla a la imaginación concluye por trastornar a la loca de la casa, que no tarda en desarrollar lo rudimentario y dar amplia y determinada forma al sonido incompleto, nota perdida de la gran sinfonía del espacio.

Al que me explique las reglas de contrapunto, que rigen en esta clase de música, le contaré una curiosa historia que comienza con unos acordes de esta naturaleza; acordes lúgubres y horrorosos, de tan sombrío tinte y efecto tan espeluznante, que infundiría espanto al pecho del más animoso. Las salmodias que acompañan las exequias y entierros no tienen tan fúnebre colorido, y si en un certamen de entonaciones sepulcrales presentáramos esta música pavorosa que durante cierta noche de consternación aterró a cuantos la escucharon, de seguro perderíais vosotros en la contienda, señores sochantres, por más que inflarais vuestros amoratados carrillos, soplando la pita de vuestro grasiento fagot, por más qué aullarais un *dies irae*[1] con esas gargantas encallecidas en la modulación de las estrofas de la muerte.

[1] Día de la ira.

- II -

Figuraos un sonido seco, agudo, discordante, producido al parecer por un hierro que cae acompasadamente sobre otro hierro; un sonido que no produce vibraciones ni eco claro y determinado, en medio del silencio de una noche, durante la cual se adormece triste una población aterrada por una gran calamidad.

El cólera habita en nuestro barrio, y el barrio entero batalla con él sumergido en el silencio y en la oscuridad. Parece que el sueño eterno a que tantos se entregan, ejerce letal contagio sobre los que velan en el insomnio a la vida. Todo calla en el barrio: se padece sin ruido, se muere sin ruido: se cura en silencio: enmudece el dolor, el llanto, la desesperación: la plegaria se piensa solamente, y la esperanza no sale del corazón a los labios: el remedio no se pregunta; ya se sabe: el síntoma no se consulta; ya se prevé. Todo, desde la locuaz aprensión hasta el charlatán que cura sin diploma, calla esa noche. Pero se muere en cambio todo: cuando hay silencio es siempre mucha la actividad. El paciente se contrae en su lecho; se enrosca como para quebrarse y concluir de una vez: la naturaleza quiere hacerse pedazos y se sacude en movimientos convulsivos: el aprensivo corre de aquí para allí, como si errante pudiera evitar que el cólera le encontrase; el hermano, la esposa, el hijo del que ha muerto o del que va a morir, entran y salen de habitación en habitación, acumulando medicinas oportunas y recursos desesperados: el cura no se detiene junto al lecho del difunto; sale después de murmurar la oración y se dirige a otro, y después a otro, y a muchos en la noche: el médico entra, pulsa, mira, escribe tres líneas, y hace un gesto de esperanza o de duda; baja y sube de nuevo; y en la noche entra, pulsa, escribe, espera y duda infinitas veces. Todo el barrio se mueve; pero calla a la vez. Mil emociones se chocan; mil dolores son ahogados; mil lazos de amor y familia se quiebran; mil almas vuelan; pero todo esto se verifica en silencio, en medio de una calma horrorosa, en medio de un movimiento automático y vertiginoso. Todo el barrio se mueve; pero calla a la vez. Sólo un ser (¡fatal excepción!) descansa y ronca en esta noche de muerte: es la partera. En tales noches no nace nadie.

Pues bien, en medio de esta callada agitación se escucha un sonido seco, agudo, monótono, acompasado, producido por un hierro que percute sobre otro hierro. Al instante comprenderéis que una mano diabólica se ocupa en clavar las tablas de un ataúd; es la mano del fabricante de cajas de difunto que explota laboriosamente una industria que vive de la muerte; es el trabajo que busca la riqueza en el cólera, y cada vibración de aquel hierro indica un poco de oro conquistado a la miseria. Del seno pestilente de una epidemia nace una industria, y multitud de artesanos ganan el sustento.

¡Industria fatal que florece al abrigo de la muerte!

Mientras esa industria adquiere pasmoso desarrollo, el lúgubre martilleo que muestra su actividad nos horroriza: cada movimiento de ese péndulo fúnebre indica un paso hacia la otra vida: cada ataúd fabricado indica un aliento extinguido: cada obra concluida es una muerte.

Esos golpes traen a nuestra mente extrañas imágenes, y entre ellas, nuestra propia imagen el día en que aquel martillo nos labre el mueble fatal: vemos reunirse las mal pulidas tablas, tomar forma de trapecio: las vemos alargarse según nuestra talla, y estrecharse de un extremo presentando una forma repugnante: vemos que se desarrolla una tela negra, se repliega y las envuelve: vemos unos galones amarillos adaptarse a las aristas: vemos una articulación y una tapa que cubre el interior y una llave dispuesta a encerrarnos en aquel recinto por una eternidad: vemos la tumba en toda su repugnancia subterránea: sentimos el peso de la tierra: nos estremece el roce de esa fría tela de raso que nos adorna interiormente, y el peso de una mano tremenda, de una losa de mármol cuya inscripción llama al transeúnte: adivinamos sobre todo esto la corona de tristes flores que se secan adornándonos; presentimos la Misa y el Réquiem; presentimos la mirada indiferente del revisador de epitafios, y adivinamos la naturaleza entera sobre nosotros sin que podamos verla: sobre nosotros cae el rocío; pero no nos refresca: sale la luna; pero no nos ilumina: sobre nosotros llora alguien; pero no sabemos quién es: vemos la muerte, en fin, representada en su parte de tierra, descomposición, lágrimas, exequias; representada en lo que tiene de este mundo. Nuestra imaginación llega a este punto por el ataúd, y llega al ataúd por ese pavoroso sonido que lo fabrica; por ese ruido metálico, agudo, penetrante, monótono que turba el silencio del barrio. ¡Qué horrorosas notas! Decid, señores músicos, Palestrina, Händel, Mendelssohn, cuándo habéis llevado la imaginación hasta ese punto. ¿Hay en vuestras cinco miserables líneas nada comparable a este dies irae cantado por un martillo?

- III -

Entremos de lleno en nuestro cuento.

No hay calle en la villa donde no se encuentre una tienda con un letrero que dice: «Cajas y hábitos para difuntos.» Podemos referir nuestro cuento a cada una de esas tiendas y nuestro personaje puede ser cada uno de los que explotan la industria funeraria.

Penetremos en el taller: un hombre robusto y fornido, que debe ser el dueño del establecimiento, se ocupa en clavar unas tablas largas y estrechas de un extremo: su mano no descansa un momento: su rostro está pálido, sin duda porque aquel trabajo le induce a tristes meditaciones: su voz, trémula por el afán de concluir tareas interminables, interpela bruscamente a los oficiales que en torno suyo le prestan ardorosa colaboración.

Dos muchachas bien parecidas se entretienen, sentadas en el suelo, en cortar grandes pedazos de tela negra, ya de terciopelo, de raso o de percal. Tres chicos enredan en el suelo y el más pequeño se cubre con un retazo de paño negro, ahuecando su tierna voz de una manera encantadora, para asustar a sus dos hermanos, que al verle se mueren de risa.

Ya juegan al escondite y el más travieso se oculta en una caja concluida, cuyo recinto repite con eco extraño sus infantiles risotadas. Los unos chillan, revolotean en torno a aquellos aparatos de muerte con la misma alegría que si estuvieran en el más bello jardín. Esto no es extraño, porque lo mismo revolotea la mariposa junto al rosal que junto al ciprés, y los mismos nidos fabrica el pájaro en el balcón cubierto de enredaderas que en los detalles góticos de un panteón.

De pronto el padre descarga con más fuerza su martillo, levanta la frente inundada de sudor y exclama con dureza, dirigiéndose a las muchachas, que se distraen con el juego de los niños:

—Trabajad, holgazanas; ¿he de llevar yo esta vida de perros para manteneros, mientras vosotras os cruzáis de brazos para ver enredar a esos chicos? Llevadlos fuera; que la hermana más pequeña deje el sueño; trabajad todas; ayudad a vuestro padre, que en ocho días no ha descansado un solo momento.

—Pero, señor, ¿por qué os desveláis de esa manera? ¿No hemos sacado un premio en la lotería, no tenemos lo sufíciente para vivir con comodidad?

—¿Y porque tengo dinero he de dejar mi trabajo?

Vosotras aspiráis, sin duda, a salir

de la posición en que nos encontramos. Queréis ser señoritas, vestir seda, ir a los teatros, arrastrar cola y llenaros la cabeza de perendengues... no; no dejaré mi oficio aunque herede las minas de California.

—Pero pudierais descansar, trabajar poco, despedir la mitad de los que vienen a haceros encargos.

—No: mi deber es equipar a todos los que mueren. ¿Tengo yo la culpa de que caigan tantos pedidos sobre mi casa? ¿He de negar a mis semejantes este último mueble? Y en cuanto a la industria que ejerzo, ¿he de oponerme al desarrollo que toma en estos días? Bueno fuera que no me resarciera de los perjuicios que me ha ocasionado la elección de este endiablado oficio. Ved a mis dos vecinos, carpinteros como yo, que han ganado millones en épocas en que yo he vivido de miseria. Ellos explotan la industria que vive de la vida; yo la industria que vive de la muerte. Ellos fabrican muebles de lujo y comodidades; sillones, butacas, tocadores, estantes, consolas; yo fabrico ataúdes; cuando ellos se han enriquecido, yo me he contentado con un mal vivir; ahora gano yo y ellos no ven entrar en sus tiendas un maravedí. Alabemos a la divina Providencia, que reparte sus bienes a todos los seres y protege todos los modos de subsistir, que hace alternar las épocas de prosperidad con las épocas de consternación, para que nosotros, los que dea vivimos, no muramos de miseria. Yo he leído no sé en qué libro, que Dios permite las inundaciones para que los infelices grajos no se mueran de hambre, y permite los naufragios para dar alimento a los infelices peces, que gustan de nuestra carne. ¿Qué extraño es que permita el cólera para que prospere una industria que anda de capa caída la mayor parte del año?

Las muchachas se convencieron y el

padre respiró ruidosamente, satisfecho de su peroración. En tanto el barrio continuaba aterrado por el cólera, el cólera continuaba haciendo víctimas, las víctimas pidiendo ataúdes y los ataúdes resonando heridos por aquellos malditos martillos que no dejan de sonar nunca. Aquella percusión monótona, perenne, sigue enumerando las partidas de una funesta suma que va creciendo, siempre creciendo, sin que adivinemos su fin. Aquella nota vibrada por un hierro continúa presentando a nuestra imaginación la idea de la muerte en la parte que tiene de descomposición, de tierra, de lágrimas, de exequias; en la parte que tiene de este mundo.

Cuentan que para atormentar a un criminal a quien no se quiso arrancar la vida, se le encerró en una celda, a donde no llegaba la voz de ningún ser viviente; cuidaron de que ningún rumor externo llegase a sus oídos y en el techo de la celda colocaron un reló cuyo péndulo marcaba con horrorosa monotonía los segundos y prolongaba un sonido seco, penetrante, acompasado siempre, por espacio de horas, días, meses y años. Ese criminal se volvió loco.

- IV -

La tempestad impera en el mundo mucho menos tiempo que la calma. El reinado de la epidemia es corto si se le compara al reinado de la salud. Llega una hora en que el cielo, cargado de miasmas deletéreos, se purifica: las espesas nubes que sobre la ciudad consternada derramaban un germen mortífero son impelidas hacia el horizonte por las auras refrigerantes: los pájaros ausentes, que una atmósfera corrompida había ahuyentado de Madrid, aparecen en bandadas; se acercan cantando a los extremos de la población; revolotean en torno a las fuentes, en torno a los árboles; invaden en un gracioso torbellino los jardines de la plaza de Oriente, y acarician y festejan a sus antiguos amigos, el caballo de bronce y su jinete el señor D. Felipe IV; se reúnen, como si tomaran una consigna, se arremolinan, fluctúan, vacilan en la dirección que han de tomar, y al fin se esparcen, se extienden en grupos traviesos por todas las calles, saludando en un concierto de alas suavemente agitadas, de trinos sonoros, la convalecencia de la gran ciudad que hace tiempo vivía en la tristeza, sin salud y sin pájaros.

En tanto la alegría vuelve a todos los semblantes: anímanse las reuniones públicas: despiertan los que aún viven de su sueño de abatimiento: el corazón late ensanchado y el estómago adquiere el dominio de sí mismo: las inteligencias tienden de nuevo al vuelo, dirigiéndose hacia la verdad o hacia el error: circula todo lo que estaba paralizado: muévese todo lo que permanecía inerte: comienza a vivir todo lo que vegetaba: se piensa, se ama, se odia, se intriga de nuevo, porque ha desaparecido la inacción que petrificaba al cuerpo y la zozobra que entorpecía el espíritu. La chismografía vuelve a lanzar sus flechas sutiles ya envenenadas, y la política a tejer de nuevo sus lazos artificiosos.

El barrio descansa al parecer tranquilo: duerme el médico, el farmacéutico, el sacristán, el cura, el monago: sin duda ha concluido el periodo de muerte. Notamos agitación y movimiento en una casa, y preguntamos llenos de zozobra: «¿Se muere alguien ahí?» y nos contestan: «No: ha nacido un...» ¡Nacer! ¡Gracias a Dios que nace algo! Regocijémonos, porque el imperio de la muerte ha concluido y comienza el periodo de la felicidad. El cielo está despejado, los pájaros vuelven y los niños nacen. Estamos en plena vida: ya podemos amar, odiar, pensar, sentir, en una palabra, vivimos.

Pero no: aún resuena el martillo; aún vemos la mano diabólica de ese artefacto de la muerte reunir las toscas tablas, alargarlas, revestirlas de un paño negro, guarnecerlas con franjas amarillas, articular una tapa; aún vemos que encierran allí algo parecido a un ser humano, dan vuelta a una llave y lo introducen todo en un agujero profundo que tapan con yeso y ladrillos; aún escuchamos la voz de nuestro personaje que increpa severamente a las jóvenes que inclinan sus cabezas rendidas por el cansancio y el sueño.

—Aprovechemos, dice, las últimas horas de nuestra prosperidad. Equipemos convenientemente al último caso. Reniego de mi oficio. Volaron los días felices de mi industria. ¡Maldito oficio, cuán corto es tu reinado! Ayudadme, porque siento alguna desazón. Daos prisa, que el ataúd del señor duque de X..., que tengo entre manos, ha de ser lo más lujoso que salga de mi taller... (Este maldito dolor de estómago...) Cortad bien el terciopelo, no manchéis los talones... (De buena gana tomaba una taza de té). Este era el último trabajo, no me queda duda: el duque es el último caso. (Siento unas náuseas..). ¡El último caso! Adiós ganancia, prosperidad, vida. (Sentiría tener que dejar esta obra maestra). En efecto, es una lástima la pérdida de ese excelente señor... no dirá que le alojo mal. ¡Qué admirable obra de arte! ¡Qué terciopelo! ¡Qué raso! ¡Qué galones! Este es un ataúd verdaderamente real. Los ricos hasta en la muerte han de brillar más que nosotros: (yo no estoy bueno, no). ¡Quién fuera rico! La cabeza me da vueltas, siento un marco... ¡Oh! Si yo fuera rico, viviría en un palacio como ese duque, moriría en un magnífico lecho y me haría enterrar en un ataúd tan suntuoso como este... (¡Qué frío sudor corre por mi frente! ¿Qué será esto?) No crea el respetable duque que le bajará de cuatro mil reales este cómodo mueble... (Todo mi cuerpo se enfría, y me abandonan las fuerzas, ¿qué será esto?) Sí: ¡cuatro mil reales! ¡Oh cólera, cólera, a buen precio me has de pagar tu última víctima! ¡Cuatro mil reales! Es una suma regular para concluir... pero aquí acaban los días felices de mi industria; adiós ganancia, prosperidad, vida... (pero ¿qué es esto? Yo me siento desfallecer)... Hijas, venid...

Cesó de clavar, y cayó al suelo después de vacilar un instante. El horrible martillo calló.

La gente se agolpa a la puerta de la tienda, atraída por los gritos dolorosos de las muchachas, alármase el barrio, encáranse los vecinos.

—¿Qué ha sucedido?

—Nada de particular. Le ha dado el cólera al fabricante de ataúdes de nuestra parroquia.

—¡Miren que casualidad! ¡Después de haber equipado a tantos! Ya no oiremos sus espantosos martillazos. ¡Dios le perdone un pecado por cada ataúd que fabricó!

Los vecinos se meten en sus casas y los curiosos siguen su camino.

- V -

Al siguiente día la animación y la alegría reinan en todos los talleres de la vida. El lujo reaparece en la tienda del joyero, del tejedor y del ebanista. Ostentan las flores artificiales su eterna frescura plantadas en un capote o en un sombrero, y los diamantes resplandecen sobre el fondo rojo de un estuche, cuyas dos tapas se abren como dos mandíbulas hambrientas. Desenvuélvense en los escaparates de la calle de Espoz y Mina pabellones de encaje y blondas extendidas como una red, dispuesta a coger traviesos antojos femeniles, y en otra parte se amontonan profusamente corbatas, hebillas, alfileres, cinturones, peinetas y todos los detalles de tocador que, aunque parecen a primera vista insignificantes, sirven para dar a una belleza un toque delicado que decide de una gran victoria amorosa, o de una conquista de voluntades masculinas.

En el taller del carpintero vemos levantarse de nuevo radiante de luz el astro de los salones, el espejo: circundado de oropeles extiende su tersa superficie, fiel modelo de perpetua atención y discreto olvido que observa sin recordar reflejando cuantos cuadros alegres o tristes, escandalosos o ejemplares, se componen ante su vista; vemos cubrir el sillón y el sofá un descarnado costillaje con muelles cojines que se hinchen para sostener nuestros cuerpos y calentarlos, vemos la consola extender su plancha de mármol para sustentar los jarros de porcelana, los vasos de cristal y los relojes de bronce: la reaparición de todas estas piezas elaboradas continuamente para satisfacer el capricho, la vanidad o la moda son otros tantos síntomas de vida que anuncian la salud de la gran ciudad. Y este desarrollo, este despertar de las industrias que se alimentan de nuestra vida, se hace al compás alegre de martillos sonoros, cuyo timbre no nos horroriza, ni trae a nuestra mente otras imágenes que la de una felicidad que sustituye a la desgracia y las de la paz bulliciosa que sucede a la calma sombría y aterradora de los periodos de muerte.

El arte fatal que acumuló riquezas en los días de consternación, ha muerto. Entre fragmentos de ataúdes rudimentarios y girones de paño negro está el cadáver del artesano que era su personificación; y en su mano estrecha aún el martillo que contó los segundos de reinado de su ángel tutelar, el cólera. Ya no escuchamos el ruido espantoso de su hierro, ni tampoco el eco de su voz interpelando rudamente a sus hijas y a sus compañeros de labor.

Su maldito oficio le abandona. Los oficiales han huido despavoridos del taller fatal, y en la casa no hay un ataúd donde enterrar aquel pobre cuerpo que el día anterior se agitaba en una afanosa tarea. Las hijas se dirigen llorosas al taller vecino, donde reina la alegría y se respira una atmósfera de felicidad. Entran y suplican al dueño de la tienda que labre para su padre el triste mueble que hizo para todos y no para sí, pero su voz no es escuchada: el trabajo que se alimenta de la vida no abandona un momento su actividad incesante, y el ruido alegre de sus herramientas de la prosperidad no permiten que sean escuchados los lamentos de la desgracia. En vano se pide a la industria vivificadora que sirva a la industria fúnebre, cuyo reinado sobre la gran ciudad ha concluido. La vida no quiere encargarse de equipar a la muerte.

Las hijas del difunto vuelven al taller, donde entre despojos se extiende el cadáver del industrial de ayer, e intentan construir lo que la mano pródiga de su padre ofreció a los muertos de la vecindad; pero es en vano. La madera, al parecer petrificada, se niega a admitir entre sus fibras el clavo tenaz; y resiste el golpe del martillo, y se retuerce, y se contrae antes que penetrar en la madera; la tela huye de la mano que intenta asirla, y se resbala, replegándose. El hierro, la madera, el tejido se rebelan contra la muerte, y no quieren continuar a su servicio.

Mas no es justo que el padre de los ataúdes no tenga siquiera un miserable cajón donde ser sepultado. La Providencia divina le ofrece uno, el más bello de todos, el que construyó para el duque su vecino, a quien él llamaba el último caso. El enfermo se ha salvado, y sus hijos, que intentaban quemar el féretro, le regalan a su constructor, al saber que no tuvo la precaución de hacer el suyo. Está sin estrenar, su terciopelo se conserva limpio y terso y sus galones brillantes, dispuesto a reflejar en lúgubres cambiantes las antorchas de un funeral.

El autor es depositado en su obra maestra, en aquel perfecto y acabado mueble que, según él, estaba destinado a contener el último caso. Parecía que lo ocupaba con satisfacción. El oficio que vivió de la muerte expiró al renacer el trabajo próspero, y fue enterrado en su última obra.

Al cruzar el lujoso féretro las calles del barrio, el pueblo exclama alegre: ahí va el último caso. Mas esta alegría del pueblo no era un impío sarcasmo. Aquel hombre era la personificación del cólera, y el cólera había muerto. Justo era que los vivos se alegraran.

- VI -

Los que le acompañaban aseguran que dentro del ataúd resonaba un golpe seco, agudo, monótono, producido, al parecer, por un hierro que percutía sobre otro hierro, como si el muerto remachara por dentro los clavos con el martillo que nadie había podido separar de su mano. Aseguran que aún encerrado en el nicho se oía la misma percusión, y los habitantes del barrio, que durante las sombrías noches del cólera se desvelaban al rumor de aquella sinfonía pavorosa, sienten aún las mismas notas agudas, discordantes, precisas, que turbaron el silencio de aquellas noches, y las oyen siempre, procedentes del mismo taller que hoy está cerrado, como si algo invisible viniera por las noches a agitar allí la herramienta fatal.

¡Ruido extraño, que sobrepuja en expresión al del arte de ritmos y compases! ¿Cuándo han podido esos envanecidos músicos crear notas de tan maravilloso efecto?

En nosotros han producido este. El cólera se nos ha presentado por su lado musical. Todo lo creado tiene su armonía. Se ha estudiado el cólera en su influencia climatérica: se le ha estudiado económicamente: se le ha estudiado en su terror, en su contagio, en su histeria. ¿Por qué no se le ha de estudiar en su música? El ataúd es su caja sonora y el martillo su plectro. Algunos han visto el cólera de cerca, otros le han sufrido, otros le temen y otros le palpan. ¿Por qué no ha de haber quien le oiga? Sí, le ha oído quien tiene la manía de atender siempre a la parte musical de las cosas.

Madrid 20 de Noviembre.

AV SVESTKA

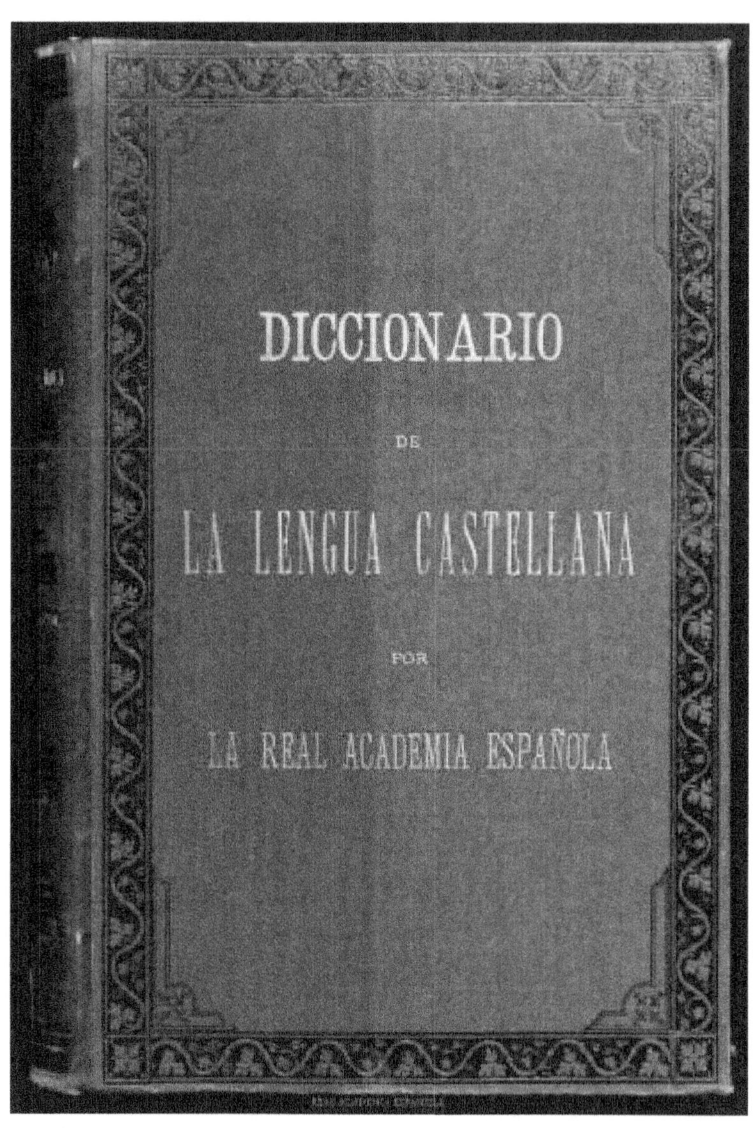
DICCIONARIO
DE
LA LENGUA CASTELLANA
POR
LA REAL ACADEMIA ESPAÑOLA

La Conjuración de las Palabras

Publicado en La Nación, 12 de abril de 1868, 25 años

Érase un gran edificio llamado Diccionario de la Lengua Castellana, de tamaño tan colosal y fuera de medida, que, al decir de los cronistas, ocupaba casi la cuarta parte de una mesa, de estas que, destinadas a varios usos, vemos en las casas de los hombres. Si hemos de creer a un viejo documento hallado en viejísimo pupitre, cuando ponían al tal edificio en el estante de su dueto, la tabla que lo sostenía amenazaba desplomarse, con detrimento de todo lo que había en ella. Formábanlo dos anchos murallones de cartón, forrados en piel de becerro jaspeado, y en la fachada, que era también de cuero, se veía, un ancho cartel con doradas letras, que decían al mundo y a la posteridad el nombre, y significación de aquel gran monumento. Por dentro era mi laberinto tan maravilloso, que ni el mismo de Creta se le igualara. Dividíanlo hasta seiscientas paredes de papel con sus números llamados páginas. Cada espacio estaba subdividido en tres corredores o crujías muy grandes, y en estas crujías se hallaban innumerables celdas, ocupadas por los ochocientos o novecientos mil seres que en aquel vastísimo recinto tenían su habitación. Estos seres se llamaban palabras.

* * *

Una mañana sintiose gran ruido de voces, putadas, choque de armas, roce de vestidos, llamamientos y relinchos, como si un numeroso ejército se levantara y vistiese a toda prisa, apercibiéndose para una tremenda batalla. Y a la verdad, cosa de guerra debía de ser, porque a poco rato salieron todas o casi todas las palabras del Diccionario, con fuertes y relucientes armas, formando un escuadrón tan grande que no cupiera en la misma Biblioteca Nacional. Magnífico y sorprendente era el espectáculo que este ejército presentaba, según me dijo el testigo ocular que lo presenció todo desde un escondrijo inmediato, el cual testigo ocular era un viejísimo *flos sanctorum*[2], forrado en pergamino, que en el propio estante se hallaba a la sazón. Avanzó la comitiva hasta que estuvieron todas las palabras fuera del edificio.

Trataré de describir el orden y apa-

[2] *Flos Sanctorum* es conjunto de traducciones y ediciones hispanas de la obra titulada *Leyenda Sanctorum o Leyenda áurea*, también *Historia Longobardica,* escrita por el religioso dominico Santiago de la Vorágine, que en español suele llamarse *Leyenda áurea*. Es una colección de las vidas de los santos que, en su momento, fue muy importante para la cultura católica pero especialmente para la iconografía del arte cristiano, llegando a convertirse en un subgénero biográfico bien definido llamado "el legendario" (fuente: wikipedia).

rato de aquel ejército, siguiendo fielmente la veraz, escrupulosa y auténtica narración de mi amigo el *flos sanctorum*.

Delante marchaban unos heraldos llamados Artículos, vestidos con magníficas dalmáticas y cotas de finísimo acero: no llevaban armas, y si los escudos de sus señores los Sustantivos, que venían un poco más atrás. Estos, en número casi infinito, eran tan vistosos y gallardos que daba gozo verlos. Unos llevaban resplandecientes armas del más puro metal, y cascos en cuya cimera ondeaban plumas y festones; otros vestían lorigas de cuero finísimo, recamadas de oro y plata; otros cubrían sus cuerpos con luengos trajes talares, a modo de senadores venecianos. Aquellos montaban poderosos potros ricamente enjaezados, y otros iban a pie. Algunos parecían menos ricos y lujosos que los demás; y aún puede asegurarse que había bastantes pobremente vestidos, si bien estos eran poco vistos, porque el brillo y elegancia de los otros, como que les ocultaba y obscurecía. Junto a los Sustantivos marchaban los Pronombres, que iban a pie y delante, llevando la brida de los caballos, o detrás, sosteniendo la cola del vestido de sus amos, ya guiándoles a guisa de lazarillos, ya dándoles el brazo para sostén de sus flacos cuerpos, porque, sea dicho de paso, también había Sustantivos muy valetudinarios y decrépitos, y algunos parecían próximos a morir. También se veían no pocos Pronombres representando a sus amos, que se quedaron en cama por enfermos o perezosos, y estos Pronombres formaban en la línea de los Sustantivos como si de tales hubieran categoría. No es necesario decir que los había de ambos sexos; y las damas cabalgaban con igual donaire que los hombres, y aun esgrimían las armas con tanto desenfado como ellos.

Detrás venían los Adjetivos, todos a pie; y eran como servidores o satélites de los Sustantivos, porque formaban al lado de ellos, atendiendo a sus órdenes para obedecerlas. Era cosa sabida que ningún caballero Sustantivo podía hacer cosa derecha sin el auxilio, de un buen escudero de la honrada familia de los Adjetivos; pero estos, a pesar de la fuerza y significación que prestaban a sus amos, no valían solos ni un ardite, y se aniquilaban completamente en cuanto quedaban solos. Eran brillantes y caprichosos sus adornos y trajes, de colores vivos y formas muy determinadas; y era de notar que cuando se acercaban al amo, este tomaba el color y la forma de aquellos, quedando transformado al exterior, aunque en esencia el mismo.

Como a diez varas de distancia venían los Verbos, que eran unos señores de lo más extraño y maravilloso que puede concebir la fantasía.

No es posible decir su sexo, ni medir su estatura, ni pintar sus facciones, ni contar su edad, ni describirlos con precisión y exactitud. Basta saber que se movían mucho y a todos lados, y tan pronto iban hacia atrás como hacia delante, y se juntaban dos para andar emparejados. Lo cierto del caso, según me aseguré el *flos sanctorum*, es que sin los tales personajes no se hacía cosa a derechas en aquella República, y, si bien los Sustantivos eran muy útiles, no podían hacer nada por sí, y eran como instrumentos ciegos cuando algún señor Verbo no los dirigía. Tras estos venían los Adverbios, que tenían cataduras de pinches de cocina; como que su oficio era prepararles la comida a los Verbos y servirles en todo. Es fama que eran parientes de los Adjetivos, como lo acreditaban viejísimos pergaminos genealógicos, y aún había Adjetivos que desempeñaban en comisión la plaza de Adverbios, para lo cual bastaba ponerles una cola o falda que, decía: mente.

Las Preposiciones eran enanas; y más, que personas parecían cosas, moviéndose iban junto a los Sustantivos para llevar recado a algún Verbo, o viceversa. Las Conjunciones andaban por todos lados metiendo bulla; y una de ellas especialmente, llamada que, era el mismo enemigo y a todos los tenía revueltos y alborotados, porque indisponía a un señor Sustantivo con un señor Verbo, y a veces trastornaba lo que decía, variando completamente el sentido.

Detrás de todos marchaban las interjecciones, que no tenían cuerpo, sino tan sólo cabeza con gran boca siempre abierta. No se metían con nadie, y se manejaban solas; que, aunque pocas en número, es fama que sabían hacerse valer.

De estas palabras, algunas eran nobilísimas, y llevaban en sus escudos delicadas empresas, por donde se venía en conocimiento de su abolengo latino o árabe; otras, sin alcurnia antigua de que vanagloriarse, eran nuevecillas, plebeyas o de poco más o menos. Las nobles las trataban con desprecio. Algunas había también en calidad de emigradas de Francia, esperando el tiempo de adquirir nacionalidad. Otras, en cambio, indígenas hasta la pared de enfrente, se caían de puro viejas, y yacían arrinconadas, aunque las demás guardaran consideración a sus arrugas; y las había tan petulantes y presumidas, que despreciaban a las demás mirándolas enfáticamente.

Llegaron a la plaza del Estante y la ocuparon de punta a punta. El verbo Ser hizo una especie de cadalso o tribuna con dos admiraciones y algunas comas que por allí rodaban, y subió a él con intención de despotricarse; pero le quitó la palabra un Sustantivo muy travieso y hablador, llamado Hombre, el cual, subiendo a los hombros de sus edecanes, los simpáticos Adjetivos Racional y Libre, saludó a la multitud, quitándose la H, que a guisa de sombrero le cubría, y empezó a hablar en estos o parecidos términos: "Señores: La osadía de los escritores españoles ha irritado nuestros ánimos, y es preciso darles justo y pronto castigo. Ya no les basta introducir en sus libros contrabando francés, con gran detrimento de la riqueza nacional, sino que cuando por casualidad se nos emplea, trastornan nuestro sentido y nos hacen decir lo contrario de nuestra intención (Bien, bien). De nada sirve nuestro noble origen latino, para que esos tales respeten nuestro significado. Se nos desfigura de un modo que da grima y dolor. Así, permitidme que me conmueva, porque las lágrimas brotan de mis ojos y no puedo reprimir la emoción". (Nutridos aplausos). El orador se enjugó las lágrimas con la punta de la e, que de faldón le servía, y ya se preparaba a continuar, cuando le distrajo el rumor de una disputa que no lejos se había entablado.

Era que el Sustantivo Sentido estaba dando de mojicones al Adjetivo Común, y le decía: "Perro, follón y sucio vocablo; por ti me traen asendereado, y me ponen como salvaguardia de toda clase de destinos. Desde que cualquier escritor no entiende palotada de una ciencia, se escuda con el Sentido Común, y ya le parece que es el más sabio de la tierra. Vete, negro y pestífero Adjetivo, lejos de mí, o te juro que no saldrás, con vida de mis manos.

Y al decir esto, el Sentido enarboló la t, y dándole un garrotazo con ella a su escudero, le dejó tan malparado, que tuvieron que ponerle un vendaje en la o, y bizmarle las costillas de la m, porque se iba desangrando por allí a toda prisa.

—Haya paz, señores —dijo un Sustantivo Femenino llamado Filosofía, que con dueñescas tocas blancas apareció entre el tumulto.

Mas en cuanto le vio otra palabra llamada Música, se echó sobre ella y empezó a mesarla los cabellos y a darla coces, cantando así:

—Miren la bellaca, la sandía, la loca; ¿pues no quiere llevarme encadenada con una Preposición, diciendo que yo tengo Filosofía? Yo no tengo sino Música, hermana. Déjeme en paz y púdrase de vieja en compañía de la Alemana, que es obra vieja loca.

—Quita allá, bullanguera —dijo la Filosofía arrancándole a la Música el penacho o acento que muy erguido sobre la u llevaba—: quita allá, que para nada vales, ni sirves más que de pasatiempo pueril.

—Poco a poco, señoras mías — gritó un Sustantivo, alto, delgado, flaco y medio tísico, llamado el Sentimiento. A ver, señora Filosofía, si no me dice usted esas cosas a mi hermana o tendremos que vernos las caras. Estese usted quieta y deje a Perico en su casa, porque todos tenemos trapitos que la lavar, y si yo saco los suyos, ni con colada habrán de quedar limpios.

—Miren el mocoso —dijo la Razón que andaba por allí en paños menores y un poquillo desmelenada—, ¿qué sería de estos badulaques sin mí? No reñir, y cada uno a su puesto, que si me incomodo...

—No ha de ser —dijo el Sustantivo Mal, que en todo había de meterse.

—¿Quién le ha dado a usted vela en este entierro, tío Mal? Váyase al Infierno, que ya está de más en el mundo.

—No, señoras, perdonen usías, que no estoy sino muy *retebién.* Un poco decaidillo andaba; pero después que tomó este lacayo, que ahora me sirve, me voy remediando. —Y mostró un lacayo que era el Adjetivo Necesario.

—Quítenmela, que la mato —chillaba la Religión, que había venido a las manos con la Política—; quítenmela que me ha usurpado el nombre para disimular en el mundo sus socaliñas y gatuperios.

—Basta de indirectas. ¡Orden! —dijo el Sustantivo Gobierno, que se presentó para poner paz en el asunto.

—Déjalas que se arañen, hermano —observó la Justicia—; déjelas que se arañen que ya sabe vuecencia que rabian de verse juntas. Procuremos nosotros no andar también a la greña, y adelante con los faroles.

¡Mientras esto ocurría, se presentó un gallardo Sustantivo, vestido con relucientes armas, y trayendo un escudo con peregrinas figuras y lema de plata y oro!

Llamábase el Honor y venía a quejarse de los innumerables desatinos que hacían los humanos en su nombre, dándole las más raras aplicaciones, y haciéndole significar lo que más les venía a cuento. Pero el Sustantivo Moral, que estaba en un rincón atándose un hilo que se le había roto en la anterior refriega, se presentó, atrayendo la atención general. Quejose de que se le subían a las barbas ciertos Adjetivos advenedizos, y concluyó diciendo que no le gustaban ciertas compañías y que más le valiera andar solo, de lo cual se rieron otros muchos Sustantivos fachendosos que no llevaban nunca menos de seis Adjetivos de servidumbre.

Entretanto, la Inquisición, una viejecilla que no se podía tener, estaba pasando fuego a una hoguera que había hecho con interrogantes gastados, palos de T y paréntesis rotos, en la cual hoguera dicen que quería quemar a la Libertad, que andaba dando zancajos por allí con muchísima gracia y desenvoltura. Por otro lado estaba el Verbo Matar dando grandes voces, y cerrando el puño con rabia, decía de vez en cuando: "¡Si me conjugo...! Oyendo lo cual el Sustantivo Paz, acudió corriendo tan a prisa, que tropezó en la ¿con que venía calzada, y cayó cuan larga era, dando un gran batacazo.

—Allá voy —gritó el Sustantivo Arte, que ya se había metido a zapatero—. Allá voy a componer este zapato, que es cosa de mi incumbencia.

Y con unas comas le clavó la z a la Paz, que tomó vuelo, y se fue a hacer cabriolas ante el Sustantivo Cañón, de quien dicen estaba perdidamente enamorada.

No pudiendo ni el Verbo Ser, ni el Sustantivo Hombre, ni el Adjetivo Racional, poner en orden a aquella gente, y comprendiendo que de aquella manera iban a ser vencidos en la desigual batalla que con los escritores españoles tendrían que emprender, resolvieron volverse a su casa. Dieron orden de que cada cual entrara en su celda, y así se cumplió; costando gran trabajo encerrar a algunas camorristas que se empeñaban en alborotar y hacer el coco. Resultaron de este tumulto bastantes heridos, que aún están en el hospital de sangre o sea Fe de erratas del Diccionario. Han determinado congregarse de nuevo para examinar los medios de imponerse a la gente de letras. Se están redactando las pragmáticas que establecerán el orden en las discusiones. No tuvo resultado el pronunciamiento, por gastar el tiempo los conjurados en estériles debates y luchas de amor propio, en vez de congregarse para combatir al enemigo común: así es que concluyó aquello como el Rosario de la Aurora.

El *flos sanctorum* me asegura que la

Gramática había mandado al Diccionario una embajada de géneros, números y casos, para ver si por las buenas y sin derramamiento de sangre se arreglaba los trastornados asuntos de la Lengua Castellana.

Madrid, Abril de 1868

La Pluma en el Viento o el viaje de la vida

(Abril de 1872, 29 años)

Poe...

Introducción

Sobre el apelmazado suelo de un corral, entre un cascarón de huevo y una hoja de rábano, cerca del medio plato donde bebían los pollos y como a dos pulgadas del jaramago que se había nacido en aquel sitio sin pedir permiso a nadie, yacía una pequeña y ligerísima pluma, caída al parecer del cuello de cierta paloma vecina; que diez minutos antes se había dejado acariciar ¡oh femenil condescendencia! por un D. Juan que hacía estragos en los tejados de aquellos contornos.

El corral era triste, feo y solitario. Desde estaba la pluma no se veía otra cosa que la copa de algunos castaños plantados fuera de la tapia, el campanario de la iglesia con su remate abollado, a manera del sombrero viejo, la vara enorme y deslucida de un chopo inválido y casi moribundo, y las tejas da la casa adyacente, que en días de temporal regaban con abundante lloro el corral y la huerta. La vid, la zarza trepadora y la madreselva, apenas cubrían entre las tres toda la extensión de la tapia, erizada de vidrios rotos en su parte superior, que servía de baluarte inexpugnable contra zorras y chicuelos.

A esto se reducía el paisaje, amén del inmenso y siempre hermoso cielo, tan espléndido de día, como imponente y misterioso de noche.

La pluma (¿por qué no hemos de darle vida?) yacía, como dijimos, en compañía de varios objetos bastante innobles, propios del lugar, y constantemente expuesta a ser hollada por la bárbara planta de los gansos, de los pollos y aun de otros animalejos menos limpios y decentes que tenían habitación en algún lodazal cercano.

No hay para qué decir que la pluma debía de estar muy aburrida; pues suponiendo un alma en han delicado, aéreo y flexible cuerpo, la consecuencia es que esta alma no podía vivir contenta en el corral descrito. Por una misteriosa armonía entre los elementos constitutivos de aquel ser, si el cuerpo parecía un espectro de materia, el alma había sido creada para volar y remontarse a las alturas, elevándose a la mayor distancia, posible sobra el suelo, en cuyo fango jamás debieran tocar los encajes casi imperceptibles de su sutil vestidura. Para esto había nacido ciertamente; pero en ella, como en nosotros los hombres, la predestinación continuaba siendo una vana palabra. Estaba la pobre en el corral, lamentando su suerte, con la vista fija en el cielo, sin más distracción que ver agitadas por el viento los blancos festones de su ropa inmaculada, y diciendo en la ignota lengua de las plumas: «No sé cómo aguanto esta vida fastidiosa. Más valdría cien veces morir».

Otras muchas cosas igualmente tristes dijo; pero en el mismo instante una ráfaga de viento que puso en conmoción todas las pajas y objetos menudos arrojados en el corral, la suspendió, ¡oh inesperada alegría! alzándola sobre el suelo más de media vara. Por breve espacio de tiempo estuvo fluctuando de aquí para allí, amenazando caer unas veces y remontándose otras, con gran algazara de los pollos, quienes al ver aquella cosa blanca que se paseaba por los aires con tanta majestad, iban tras ella aguardándola en su caída, con la esperanza de que fuera algo de comer. Pero el viento sopló más fuerte y haciendo un fuerte remolino en todo el recinto del corral, la sacó fuera velozmente. Cuando ella se vio más alta que la tapia, más alta que la casa, que los castaños, que la cúspide del chopo, tembló toda de entusiasmo y admiración. Allá arribita, el viento la meció, sosteniéndola sin violentas sacudidas; parecía balancearse en invisible hamaca o en los brazos de algún cariñoso genio. Desde allí ¡qué espectáculo! Abajo el corral con sus inquietos pollos escarbando sin cesar; la huerta, la casa, los castaños, el chopo, ¡qué pequeño lo que antes parecía tan grande! Después, toda la extensión del hermoso valle poblado de casas, de árboles, de flores, de ganados; a lo lejos las montañas con sus laderas cubiertas de bosques, sus eminencias rojizas y azules y sus cúspides encaperuzadas con una blancura en la cual nuestra viajera creyó ver enormes montones de plumas, encima el cielo sin fin, el sol de la mañana dando vivos colores a todo el paisaje, garabateando el agua con rayos de luz, produciendo temblorosos reflejos en el follaje de los olmos, y reverberando en las sementeras pajizas, salpicadas aquí y allí de manchas de amapolas. ¡Esto sí que se llama vivir! Tremenda cosa sería caer otra vez en el corral.

La pluma, en el colmo de su regocijo, no halló medio mejor de expresarlo que dando vueltas sobre su eje, para que se orearan bien sus miembros húmedos y ateridos: se bañó en el sol y se esponjó, ahuecando con cierta vanidad los flecos diminutos de que se componía su cuerpo. El sol penetraba por entre los mil intersticios de aquel encaje prodigioso, y nuestra viajera se vio vestida de hilos de cristal más tenues que los que tienden las arañas de rama en rama, y cubierta de diamantes, esmeraldas y rubíes que variaban de luces a cada movimiento, y tan menudos, que los granos de arena parecerían montañas a su lado.

Extender la vista por el valle, por las montañas, por el horizonte, y querer recorrerlo todo hasta el fin, fue en la pluma obra de un momento. Su estupor y alborozo no tenían límites; y si al pronto la sorpresa la mantuvo en aquella altura, divagando, sin apartarse de su situación primera, después, serenada un poco y sintiendo en su pecho el fuego del entusiasmo, se lanzó en el inmenso espacio, en brazos del geniecillo. Desaparecieron corral, casa, aldea; la torre de la iglesia como gigante despavorido, caminaba también con grandes zancajos hasta perderse de vista. En la agitación de aquel vuelo vertiginoso, la pluma subía a veces a tanta altura, que apenas podía distinguir los objetos; otras descendía hasta rozar con la tierra, y contemplaba su imagen fugitiva en la superficie verdosa de los charcos. A veces remontaba tanto, que parecía confundirse con las nubes y perderse en los inmensos océanos del espacio; a veces descendía tanto, que casi casi tocaba a la tierra; y en su lenguaje ignoto decía al viento: «Bájame un poco, amigo, que me mareo en estas alturas» o «levántame por favor, amiguito, que voy a caer en ese lodazal».

El viento, dócil vehículo, la subía y la bajaba, según su deseo, andando siempre, y pasaban valles, ríos, montes, colinas, pueblos, sin parar nunca. En su viaje, la pluma no cesaba de admirar cuanto veía. Los pájaros pasaban cantando junto a ella; las mariposas se detenían, mirándola con asombro, no acertando a comprender si era cosa viva o un objeto arrastrado por el viento. Cuando iban cerca de tierra y pasaban rozando por encima de zarzales y plantas espinosas, creeríase que todas las púas se erizaban como garras para cogerla, y al volar por encima de un charco, los gansos de la orilla volvían de medio lado la cabeza mirándola, y con la esperanza de verla caer, corrían graznando tras ella:

—«Súbeme, amiguito —gritaba—, para no oír a estos bárbaros».

Canto primero

Y subían hasta lo alto de la montaña: pasaban la divisoria, y recorrían otro valle, y así todo el camino, sin detenerse nunca. Tanto anduvieron, que la pluma, sintiendo satisfecha su curiosidad, se arremolinó, dio varias vueltas sobre sí misma, y dijo al genio que la conducía:

«¿Sabes que hemos corrido bastante? ¿No convendría elegir sitio para descansar un rato? ¡Ay, amigo! Aunque deseaba salir del corral y recorrer el mundo, puedes creer que lo que a mí me gusta es la vida tranquila y reposada. Por un instante pensé que la felicidad es volar de aquí para allí, viendo cosas distintas cada minuto, y recibiendo impresiones diferentes. Ya me voy convenciendo de que es mejor estarse una quietecita en un paraje que no sea tan feo como el corral, viviendo sin sobresalto ni peligro. Allí veo, cerca del río, unos grandes árboles, que me parecen el lugar más hermoso que hemos encontrado en nuestro viaje.

Acercáronse y vieron, efectivamente, que a la sombra de aquellos árboles había el sitio más apacible y delicioso que podría ambicionar, una pluma para pasar sus días. Césped finísimo cubría el suelo; el río cercano corría con mansa corriente, ni tan rápida que arrastrara y revolviera la tierra de las verdes márgenes, ni tan pausada que se enturbiaran sus aguas: fácil era contar todas las piedrecillas del fondo, mas no la muchedumbre de peces que divagaban por su trasparente cristal. Las ramas de los árboles, cerniendo la viva luz del sol, mantenían en templada penumbra el pequeño prado; y de allí habían huido todos los insectos importunos y sucios, así como todas las aves impertinentes y casquivanas. Los pocos seres que allí estaban de paso o con residencia fija, eran lo más culto y distinguido de la creación: insectos vestidos de oro y condecorados con admirables pedrerías; aves sentimentales y discretas que cantaban sus amores en cortesano estilo, y sólo a ciertas horas de la mañana o de la tarde. Era el mediodía, y todas callaban en lo alto de las ramas, entreteniendo el espíritu en abstractas meditaciones.

«¡Fresco y bonito lugar ese! —dijo la pluma, erizándose de entusiasmo al verse allí—. Aquí quiero pasar toda mi vida, toda, toda, lo repito con seguridad completa de no variar de propósito.

Vagaba a la sombra de los árboles, resbalando sobre el fresco césped, cuando vio que se acercaba una pastora, guiando dos docenas de ovejas, con alguno que otro cordero, y un perro que les servía de custodia y compañía. La pastora se ocupaba, andando, en tejer una corona de flores, que traía en la falda, y era tanta su hermosura, donaire y elegancia, que la pluma se quedó absorta. Sentose la joven, y la pluma remontándose de nuevo por los aires, empezó a dar vueltas en torno suyo, admirando de cerca y, de lejos, ya la blancura del cutis, ya la expresión y brillo de los ojos, ya los cabellos negros, ya sus labios encendidos, todas y cada una de las perfecciones de tan ejemplar criatura.

«Aquí me he de estar toda la vida —exclamaba la viajera en su enrevesado idioma—. Esto sí que es vivir. Nunca me cansaré de mirarla, aunque viva mil años. ¡Qué bien he hecho en establecerme aquí... y qué gran cosa es el amor! Gracias a Dios que he encontrado la felicidad. ¡Cuán dulcemente se pasa el tiempo mirándola, ahora y después y siempre! ¿Qué placer iguala al de pasar rozando sus cabellos, y acariciarle la frente con mis flequitos? ¿Qué mayor ambición puedo tener que dejarme resbalar por su cuello hasta escurrirme... qué sé yo dónde, o esconderme entre su ropa y su carne para estarme allí haciéndole cosquillas *per saecula saeculorum*? Esto me vuelve loca... y de veras que estoy loca de amor. Aquí y sin apartarme de ella un instante he de pasar toda la vida.

La pluma volaba y revolaba alrededor de la pastora, hasta que fue a posarse sutilmente sobre su hombro, y en él hizo mil morisquetas y remilgos con sus flecos. Vio la muchacha aquel objeto blanco, que al principio juzgó ser cosa menos delicada caída de las ramas del árbol, y tomándola, la estrujó entre sus dedos y la arrojó lejos de sí con indiferencia desdeñosa. Un rato después convocó a su rebaño y se fue.

Mucho tardó nuestra infortunada viajera en volver de su desmayo. Al abrir los ojos, en vano buscó al objeto de su tierna pasión; reconociendo el sitio, sacudió sus encajes magullados y rotos, y dio al viento sus quejas en esta forma:

—Ay, vientecillo, sácame de aquí, por las ánimas benditas, levántame, que me muero de tristeza. Quiero correr otra vez, pues ahora comprendo que la felicidad no existe en lo que yo creía. ¡Buena tonta he sido! El amor no es más que fatigas y dolores. Basta de amor, que harto conozco ya lo que trae consigo. Volemos otra vez y vamos a donde tú quieras, amiguito. De veras te digo que me cargan estos árboles y este río: estoy ya hasta la corona de céspedes, prados, arroyos y pajarillos. Démonos una vueltecita por esos mundos. Levántame: quiero subir hasta las nubes. Eso es; así me gusta: súbeme todo lo que puedas. Mira, allí a lo lejos se alcanza a ver una casa que ha de ser muy grande: ¿ves cómo brilla a los rayos del sol, cual si fuese de plata, y a su lado hay otra y otra, muchas, muchísimas casas? Sin duda aquello es lo que llaman una ciudad. Eso, eso es lo que yo deseo ver. Gracias a Dios que encuentro lo que me gusta. Vámonos derechos allá, y dejémonos de montes y valles, que son lugares impropios para este genio mío... Ya, ya se ve de cerca la ciudad. En aquel magnífico palacio que vimos primero nos hemos de meter. Corre, corre más, que me parece que no llegamos nunca.

Canto segundo

Pronto se hallaron muy cerca de un soberbio palacio de mármol, tan grande y bello que hasta el mismo genio misterioso, que conducía a nuestra amiga, se quedó absorto ante tanta magnificencia. Oíanse por allí algazaras como de baile o festín, y músicas sorprendentes. Flotaban banderas, en los minaretes y azoteas, y por las ventanas se veía discurrir la gente alegre y bulliciosa.

«Adentro, amiguito —dijo la pluma—; colémonos por este balcón que está de par en par abierto.

Así lo hicieron, encontrándose dentro de una gran sala en la cual había hasta cien personas sentadas alrededor de vasta mesa, llena de ricos manjares y adornada de flores, todo puesto con arte y soberana magnificencia. Era igual el número de hombres al de mujeres, y si entre aquellos los había de distintas edades, estas eran todas jóvenes y hermosas. Los criados vestían riquísimos trajes, y un sin fin de músicos tocaban armoniosas sonatas en lo alto de una gran tribuna.

Los convidados estaban tendidos sobre cojines cubiertos de vistosos tapices: ellas adornadas con flores, y tan ligera y graciosamente vestidas, que su hermosura no podía menos de aparecer realzada con atavíos tan indiscretos. Las carcajadas, las voces y la música, impresionando el oído; el aroma de las flores y el olor aperitivo de las comidas y licores, hiriendo el olfato; la viveza de las miradas, la variedad de colores, afectando la vista, producían en aquel recinto una fascinación que habría dado al traste con la fortaleza de todos los ermitaños de la Tebaida.

La pluma, divagando por la bóveda

del salón, sintió que desde la mesa subían a acariciar sus sentidos los dulces vapores de la mesa, y se embriagaba con la fragancia de los vinos, escanciados sin cesar en copas de oro. Su entusiasmo y alegría no tenían límites, y la lengua se le soltó de tal modo, que no cesó de hablar en todo el día, diciendo a su compañero y conductor:

«Esto sí que es delicioso, amiguito; esto sí que es vivir. ¡Bien te decía yo que aquí habíamos de encontrar la felicidad; bien me lo anunciaba el corazón! Me están volviendo tarumba las emanaciones de esas aves, de esas especias, de esas frutas, de esos licores que parecen, llevar en sí gérmenes de vida y nos infunden aliento y júbilo. Repara en la incitante belleza do esas mujeres: ¡qué miradas!, ¡qué senos!, ¡qué admirable configuración la de sus cuerpos!, ¡qué encantadora risa en sus labios! Pero ¿no te vuelves loco como yo?

Aquí he de estarme toda la vida ¿sabes? No hay duda que la vida es el placer, y buenos tontos serán los que se anden por ahí discurriendo insulsamente por montes y valles. ¡Y yo fui tan imbécil que vi la felicidad en el amor insípido que me inspiró aquella pastora! ¡Qué fácilmente nos equivocamos!... pero ya he conocido mi error, y tengo la seguridad de no equivocarme más. Es que ya voy teniendo mucha experiencia, no te creas, y de aquí en adelante ya sé lo que tengo que hacer. Gracias a Dios que encontré lo definitivo: aquí, aquí hasta que me muera. ¡Qué placer, y qué embriaguez y qué mareo han deliciosos! ¡Sublime es esto, y cuán desgraciados los que no lo conocen!

La comida avanzaba, y la locura de los comensales tocaba a su límite: las ánforas habían dado ya su última ofrenda de vino: los convidados las habían hecho llenar de nuevo, y hasta las mujeres aturdidas, o gritaban como furias o callaban con perezoso recogimiento.

La pluma se sintió también atontada; empezó a dar vueltas y más vueltas en el aire hasta que poco a poco perdió la conciencia de lo que allí ocurría. Conservando un resto de vago conocimiento, sintió que las voces se alejaban; que caían los muebles; que se rompían con estrépito los vasos; que callaban los músicos; que obscurecido el sol, lo sustituía una débil claridad de antorchas; que estas se extinguían después; que todo quedaba en silencio. Entonces se sintió caer, abandonada de su misterioso genio amigo: vio las flores marchitas y pisoteadas por el suelo, los restos de la comida arrojados en desorden y exhalando repugnante olor; todo revuelto y disperso, y ningún ser vivo en la sala. En su desmayo juzgó que pasaban lentamente horas y más horas, que luego amanecía, y que por fin alguien daba señales de vida en aquel palacio, ayer del regocijo y hoy de la tristeza. Los pasos se acercaban, y manos desconocidas intentaron poner en orden los restos del festín. Luego se sintió arrastrada violentamente a impulsos de un objeto áspero: abrió los ojos, ya con la cabeza despejada, y vio que era impelida por una escoba. La barrían juntamente con multitud de objetos despreciables, ajados, repugnantes y pestíferos; hojas de flores pisoteadas, pedazos de cristal aún mojados en vino, huesos de frutas aún cubiertos de saliva, cortezas de pan, espinas de salmón, con alguna hilacha de carne. Una cinta manchada de salsa, fresas espachurradas, entre las cuales lucía un alfiler tendido del zumo rojizo, y que semejaba el puñal de un asesino; piltrafas de jamón, cascaritas de hojaldre y algunos ojos de pescado que aún fijos a sus rotas cabezas, parecían contemplar con asombro y terror semejante espectáculo.

Entre estos objetos, rodando todos en tropel, fue nuestra pluma empujada por la escoba hasta parar a un gran cesto, de donde la arrojaron a un corral mil veces más inmundo que aquel de donde había salido. Al verse entre tanta basura, magullada, rota, sucia, oliendo a vino, a especias, a grasa, a saliva, empezó a lamentarse con estas patéticas frases:

«¡Ay, vientecillo de mi alma, levántame y sácame de aquí, por Dios y todos los santos! Me muero en este montón de inmundicia; yo quiero ser libre y pura como antes. A fe que te has lucido, plumita. ¡Qué error tan grosero! En buena parte has venido a concluir aquella brillante jornada de placer y felicidad. Que no me digan a mí que el placer lleva consigo otra cosa que degradaciones, bajezas, dolores y miserias. ¡Por un ratito de gozo, cuánta amargura! Y gracias a Dios que he salido con vida. Afortunadamente no seré yo quien vuelva a caer. Sácame de aquí, amigo, así te dé Dios todos los reinos de la tierra y del mar: sácame, o me muero en esta podredumbre.

El geniecillo la levantó con rapidez a grandísima altura, y allá arriba se ahuecó toda, llena de contento, para purificarse y orear su cuerpo. Apartó la vista del palacio y de la ciudad, y ambos siguieron luego su camino sin saber a dónde iban.

«Ni los campos tranquilamente fastidiosos; ni los palacios, que son mansión del hastío, me hacen a mi maldita gracia —decía la pluma—. Por fuerza hemos de encontrar pronto lo quo cuadra a mi genio. ¿Ves? O yo me engaño mucho, o aquel gentío que ocupa la llanura que tenemos delante, nos va a detener allí con el espectáculo de algún acto sublime. Vamos pronto, que ya siento viva curiosidad. O yo no sé lo que son ejércitos, o lo que allí se divisa son dos que van a encontrarse y a reñir. ¡Sublime acontecimiento! ¡Bendito sea Dios que nos ha deparado ocasión de presenciar una batalla! He aquí una cosa que me entusiasma. Me pirro yo por las batallas. ¡La gloria! Te digo que se me va la cabeza cuando hablo de esto. Tarde ha sido, amigo, pero al fin he encontrado la norma de mi destino. Mira, ya van a empezar. Coloquémonos encima de aquellos que parecen ser los caudillos de uno de los dos ejércitos, y veamos la que se va a armar aquí.

Canto tercero

Efectivamente, dos grandes y poderosas huestes iban a chocar en aquella planicie. ¿A qué describir el brillo de las armas, las empresas de los escudos, el ardor de los combatientes; el relinchar de los corceles y demás accidentes de la empellada refriega? La pluma, palpitando de emoción, vio los primeros encuentros, y no apartaba los ojos del que parecía ser rey del ejército por quien más tarde se decidió la victoria. El tal rey llevaba un casco de oro, armadura de bruñido acero, y oprimía los lomos de soberbio caballo tordo. Ninguno le igualaba en furor y osadía, razón por la cual su gente, entusiasmada con tal ejemplo, arrollaba a los contrarios cual si fuesen manadas de carneros.

Nuestra viajera no sabía cómo

expresar su frenético alborozo ante la sublime tragedia.

«¡La gloria! ¡Qué gran cosa es la gloria! —exclamaba, siguiendo lo más cerca posible al rey victorioso—. Estoy en mi centro, esta es la vida, esto es lo que cuadra a mi genio esto es la felicidad; gracias a Dios que he encontrado lo que quería. ¡Y fui tan imbécil que perdí el tiempo en frívolos amores y en livianos placeres! ¡La verdad es que se equivoca uno tontamente! Pero ya voy teniendo experiencia, y no me equivocaré más. La gloria es lo que más enaltece el alma. Mira, amiguito mío, cómo vencen los de aquí. Ya van los otros en retirada. ¡Grande y poderoso rey! Daría la mitad de mi vida, por ponerme encima de su casco, de aquel áureo yelmo, ante cuya cimera se inclinarán con pavura todos los monarcas y naciones de la tierra. Vamos, esto me enajena; ¿no oyes cómo crujen las armas, cómo relinchan los caballos y cómo blasfeman los combatientes, encendidos en marcial coraje? ¡Gloriosa muerte la de los unos y gloriosísima victoria la de los otros!

Esta fue decisiva para el rey del áureo casco y del caballo tordo. Su ejército triunfante persiguió en veloz carrera al enemigo, y la pluma siguió la triunfal marcha revoloteando sobre la cabeza del héroe. Corrían sin fatigarse hasta que llegó la noche. Luego se detuvieron, satisfechos de haber aniquilado en su fuga al ejército contrario. Acamparon los vencederos, se armó la tienda del rey, preparésele comida y lecho; y en aquella hora de la reflexión y del reposo, pasada la exaltación primera, hasta la pluma bajó a la tierra cubierta de cadáveres, de sangre, de ruinas.

Entonces la viajera sintió frío glacial, extraordinaria fatiga y una modorra que no pudo vencer evocando los recuerdos del épico combate. En su letargo, creyó sentir los lamentos de los heridos, mezclados con horrorosas imprecaciones. No tardaron en venir las madres, las hermanas, los tiernos hijos, sosteniéndose entre sí, porque el dolor aflojaba sus desmayados cuerpos, alumbrándose con triste linterna para buscar al padre, al hijo, al esposo, al hermano. Hombres horribles, tipo medio entre el sayón y el sepulturero, cavaban la profunda y holgada fosa, donde eran arrojados los infelices muertos de ambos ejércitos. Las santas mujeres buscaban aun entre aquellos despojos, mal cubiertos por la tierra, a los seres queridos, y hasta hubieran escarbado para sacarlos de nuevo, si las voces y los lamentos que más allá se oían no las dieran la esperanza de que en otro lugar estarían quizás los que buscaban. Graznando lúgubremente bajaron los buitres y demás aves que tienen su festín en los campos de batalla; la lluvia encharcó el piso amasando lechos de fango y sangre para los pobres difuntos, y el frío remató a los heridos que esperaban escapar a la muerte. ¡Tremenda noche! Volviendo de su letargo, pudo observar la pluma que cuanto había visto no era alucinación, sino realidad clarísima. Quiso huir, pero se detuvo sobrecogida porque en la cercana tienda del rey sonaron gritos y juramentos y fuerte choque de armas. Varios hombres salieron de allí luchando, y una voz dijo: «muera el tirano», y otras, exclamaron: «¡han asesinado al rey!» En efecto así era: el héroe victorioso había sido sacrificado por sus ambiciosos generales, ávidos de repartirse el botín y apoderarse del reino.

«Viento querido, amigo mío, sácame de aquí —gritó la pluma agitando su fleco para volar—. Levántame; llévame por esos aires de Dios, que no quiero ver tantos horrores. ¡Maldita sea la gloria y malditos los pícaros que la inventaron! Parece mentira que me haya dejado alucinar por tan craso disparate. Ya ves que de la gloria no se saca cosa alguna, si no es la desesperación, el odio, la envidia y todas las bajezas de la ambición. ¡Cuánto más valen la dulce modestia y una apacible obscuridad! Gracias a Dios que he salido de las tinieblas del error. Tres veces me equivoqué; pero al fin la luz ha entrado en mi cabeza, y ya tengo la certeza de no equivocarme más, ¡Cuán claro veo ahora todo! ¡Qué bien considero y profundizo la verdad de las cosas! No, no volverá a incurrir en tales tonterías. Por supuesto, siempre es conveniente equivocarse para adquirir experiencia y estudiar y conocer la vida felizmente, ya sé a qué atenerme. Dichosos los que han pasado tantas amarguras y visto tantísimo mundo... Pero si no tengo telarañas en los ojos, amigo vientecillo, allá a lo lejos se distingue una altísima torre que debe de ser de alguna catedral. Sí, a medida que nos acercamos se va destacando la mole del edificio... No parece sino que Dios nos ha encaminado a este sitio para que nos arrepintamos de nuestras culpas y aprendamos de todas las cosas, consuelo de todas las aflicciones, asilo de todos los extraviados... ¡Ay! vamos pronto, que ya tengo deseo de entrar allí: ¿no oyes el repicar de las campanas? ¿No ves cómo el sol perfila con rayos de oro las mil estatuas erigidas en los pináculos y agujas que rematan el grandioso monumento por una y otra parte? Date prisa y lleguemos pronto, amiguito; ¡qué pesado te has vuelto! A ver si encontramos un agujerito por donde introducirnos.

Canto cuarto

Dieron vueltas alrededor del templo, que era ojival y de sorprendente hermosura, y al fin, hallando un vidrio roto, se colaron dentro sin pedir permiso al sacristán. Soberbio espectáculo se ofreció a las miradas de nuestros dos viajeros. La vasta nave y sus haces de columnas delicadísimas, que remataban en palmeras, entreteniéndose para formar la bóveda; las ventanas rasgadas en toda la extensión del pavimento y cubiertas con el diáfano muro de cristales de colores; la multitud de figuras representativas; la fauna, la flora; la riqueza de los altares, las luces, sus resplandecientes trajes de los sacerdotes, el incienso, formando azuladas nubes; el son del órgano, a veces suave y apagado como la respiración de un niño que duerme, después fuerte y estentóreo como el resoplido de un gigante colérico; el coro grave y los rezos quejumbrosos, todo esto impresionó de tal modo a nuestra viajera, que estuvo un buen rato pegada a la bóveda, sin atreverse a descender, sobrecogida de admiración, piedad y respeto.

«Me falta poco para llorar, amigo vientecillo —dijo—. Aunque un poco tardío, mi arrepentimiento es seguro. ¡Con cuánto gozo abro mis ojos a la luz de la verdad! ¿Y habrá quien sostenga que puede haber dicha, reposo y paz fuera de la religión sacratísima? Santa y sublime fe: a ti vengo fatigada de las luchas del mundo, el alma llena de congoja y atormentada por el recuerdo de mis pasados extravíos. Inexperta y alucinada, juzgué que el mejor empleo y ocupación de mi ser era el amor, los goces o la incitante gloria, cosas ¡ay! de liviana realidad, que se desvanecen pasada la ilusión primera. Mi alma está pura, y anhela reposarse en el bien. Aborrezco el mundo; pienso sólo en Dios, imán de nuestros corazones, fuente de toda salud, principio de toda inteligencia. Aquí, en este santo y bello asilo, creado por el arte y la fe, he de pasar lo que me resta de vida. Segurísima estoy ahora de no variar de inclinaciones ni de pensamiento. Aquí, siempre aquí. Dulce es, entre todas las dulzuras, zambullir el pensamiento en la idea de Dios, adorarle, contemplarle, confundirnos ante su presencia como granos de polvo frágiles plumas que somos las criaturas. Vientecillo, puedes marcharte, que yo me quedo aquí para toda la vida. ¡Cuán feliz soy!

Calló la pluma y se acurrucó con devota compostura en la punta de una de las espinas que ceñían la frente del dorado Cristo suspendido en lo más alto del retablo. Cesaron cantos, apagáronse las luces. Rumores extraños de misales que se cierran, de goznes rechinantes, de papeles de música que se arrollan, de cortinas que se corren tapando un santo, de llaves que crujen en la enmohecida cerradura, de acólitos que tropiezan, corriendo hacia la sacristía, de rosarios que se guardan, sustituyeron a la imponente salmodia de antes; y las pisadas de los hombres y las faldas de las mujeres levantaron ligera nube de polvo que subió confundirse con los desgarrados celajes del incienso, vagabundos aún por las altas bóvedas, como los girones de nubes que corren por el cielo después de una tempestad.

Vino la noche, y los vidrios se obscurecieron, tomando tintas suaves y misteriosas. La gran nave quedó por fin en completa sombra; mas en lo alto de sus muros velaban, como espectros de moribundo resplandor, las pintadas efigies de cristal. En el centro del lóbrego santuario lucía un punto de luz: era la lámpara del altar, que como un alma despierta y vigilante oraba en el recinto. Su débil claridad apenas iluminaba los pies del Santo Cristo próximo, y el blanco cuerpo de un obispo de mármol que, tendido en su mausoleo, parecía como que a ratos abría la boca para bostezar.

Pasaron horas y más horas, que por lo largas parecían noches empalmadas, sin días que las separasen, y la pluma acabo sus rezos y los volvió a empezar, y acabados de nuevo, y agotado todo el repertorio de oraciones, que sabía, dijo otras que sacaba de su cabeza, hasta que al fin, no nada, aburrida de aburrirse, se dejó decir:

«Vientecillo, me alegro de que no te hayas ido. Ven acá un momento: ¿sabes que siento así como ganas de dar un paseíto por ahí fuera? No es que quiera abandonar este sitio; pues lo dicho, dicho: aquí he de estarme toda la vida. Es que, hablando con sinceridad, esto es bastante triste, y no sé, no sé... las horas tienen una longitud desmesurada. Si me apuras te diré con mi habitual franqueza que me aburro soberanamente. ¿Por qué no hemos de salir a refrescarnos la cabeza y a ver el cielo? Pues por mucha que sea nuestra devoción, no hemos de estar siempre reza que te reza, y conviene dar al ánimo esparcimiento para cobrar fuerzas y... ya me entiendes. Salgamos, que en realidad no tiene maldita gracia que nos estemos aquí hechos unos pasmarotes. Y repara que después que aquellos señores acabaron de cantar, esto está tan solo y obscuro que antes impone miedo que piedad. Larguémonos fuera un ratito, que una cosa es la fe y otra el saludable recreo del cuerpo y del alma.

Canto quinto

Salieron por donde habían entrado, y al hallarse fuera, la pluma prorrumpió en exclamaciones: «¡Oh, gracias a Dios que veo otra vez el profundo cielo, las altas estrellas y la luna! ¡Qué hermosura! Paréceme que hace años que no he visto este admirable espectáculo siempre nuevo y seductor. Mira, alarguemos nuestro paseíto, que en nada se admira tanto a Dios como en la naturaleza, ni nada es en esta tan bello como la noche. Vaya, con franqueza, amigo viento: ¿no es esto más hermoso que el antro sombrío y estrecho de la catedral? Compara aquella lámpara con estas luminarias celestiales que tenemos encima de nuestras cabezas... Sigamos un poquitín más allá; que si no volviéramos, ya encontraríamos otra catedral en que meternos. Hay muchas, mientras que cielos no hay más que uno... ¡Cuánto se aprende viviendo! ¿Sabes lo que se me ha ocurrido? Pues que la religión es cosa admirable; pero que consagrarse enteramente a ella sin pensar en nada más, me parece una gran majadería. Ya voy teniendo experiencia, y. veo todas las cosas con mucha claridad. Para alabar a Dios y honrarle, me parece a mí que antes que pasarnos la vida metidas en las iglesias, debemos las plumas emplear constantemente nuestro pensamiento en conocer y apreciar las leyes por el mismo Dios creadas. Yo, si quieres que te hable con el corazón en la mano, no tengo muchas ganas de volver a la catedral, fuera de que ya hemos perdido, el camino y no lo encontraremos fácilmente. ¿No te parece que debemos lanzarnos por esos espacios anchísimos buscando en ellos la razón de todas las cosas? Siento tal curiosidad que no sé qué haría por satisfacerla. ¡Saber!

ese es el objeto de nuestra vida; en saber consiste la felicidad. No negaré yo que la Fe es muy estimable; pero la Ciencia, amigo mío, ¡cuánto más estimable es! Por consiguiente, te confieso con toda ingenuidad que he variado de ideas; pero con el firme propósito de que sea esta la última vez. Quiero, a fe de pluma de origen divino, examinar cómo y por qué se mueven esos astros, a qué distancia están unos de otros; qué tamaño y qué cantidad de agua tienen los mares; qué hay dentro de la tierra; cómo se hacen la lluvia, el rayo, el granizo; de qué diablos está compuesto el Sol; qué cosa es la luz y qué el calor, etc., etcétera. Me da la gana de saber todas esas cosas. Gracias a Dios que he encontrado la verdadera y legítima ocupación de mi espíritu. Ni el amor pastoril, ni los placeres sensuales, ni la terrible y estúpida gloria, ni el misticismo estéril enaltecen al ser. ¡El conocimiento!

ahí tienes la vida, la verdadera vida, amigo vientecillo. Bendigo mis errores, de cuyas tinieblas saqué la luz de mi experiencia y la certeza del destino que tenemos las plumas. Llévame, amigo, llévame por ahí, pronto, que hay mucho que ver y mucho que estudiar.

Corrieron, volaron, y la pluma no se cansaba de sus observaciones especulativas. Estudió la marcha de los astros y las distancias a que están de la tierra; atravesó el inmenso océano de una orilla a otra; hízose cargo de la configuración y trazado de las costas; midió el globo, fijando la atención en la diversidad de sus climas y habitantes; penetró en las cavernas profundas, donde existen los indescifrables documentos de la mineralogía, y leyó el gran libro *Geológico*, en cuyas páginas o capas hablan idioma parecido al de los jeroglíficos la multitud de fósiles, siglos muertos que tan bien saben contar el misterio de las pasadas vidas; todo lo estudió, lo conoció y se lo metió en el magín, y entretanto no cesaba de repetir:

«¡Gran cosa es la Ciencia! ¡Y cuánto me felicito de haber entrado por este camino, el único digno de nuestro noble origen! Pero lo que me enfada es que nunca llegamos al fin: a medida que voy aprendiendo se me presentan nuevos misterios y enigmas. Yo quisiera aprendérmelo todo de una vez. Es mucho cuento este, de que nunca se le ve el fondo al odre de la sabiduría. ¡Ay! Vientecillo perezoso, corre más, a ver si conseguimos llegar a un punto donde no haya más tierra, ni más mar, ni más cielo, ni más estrellas... Esto no se acaba nunca. Corramos, volemos, que no ha de haber cosa que yo no vea ni examine, ni arcano que no se me revele. He de saber cómo es Dios, cómo es el alma humana, de dónde salimos las plumas y a donde volvemos, después de dar nuestro último vuelo en el viaje de la existencia.

***

Y así transcurrió un lapso de tiempo indeterminable, y ni se veía el fin de la Ciencia, ni la sed de saber encontraba donde saciarse por completo. Ya habían recorrido toda la atmósfera que rodea nuestro planeta; y la buena pluma, cansada y aburrida, sin fuerzas para avanzar más, giraba alrededor de su eje con desorden y aturdimiento, como un astro que se vuelve loco y olvida la ley de su rotación.

«¡Ay!, vientecillo —exclamaba lánguidamente— ya estoy confusa, ya estoy mareada. ¿De qué vale la ciencia, si al fin, después de tanto investigar, más me espanta lo que ignoro que me satisface lo que sé? ¡Ay! compañero mío, de desengaños, sólo sé que no sé una condenada palabra de nada. Esto es para volverse una loca. Llévame a un sitio recóndito donde encuentre el consuelo del olvido. Quiero aniquilarme; quiero reposar en completa calma, dando paz al pensamiento y a la imaginación siempre ambiciosa. ¡Cuántas equivocaciones en tan breve tiempo! Ni el amor, ni el placer, ni la gloria, ni la religión, ni la Ciencia me satisfacen. El lugar de paz y de contento perdurable con que soñaba para pasar la vida, no se encuentra en parte alguna. Experiencia lenta y dolorosa, ¿de qué sirves? Si ese lugar que busco no existe por aquí, forzosamente ha de exigir en alguna otra región. Busquémoslo, amigo leal y ya inseparable... Veo que no estás menos aburrido y desilusionado que yo. ¡Ay! Yo desfallezco; apenas puedo sostenerme en tus brazos; todo me desagrada, el aire, la luz, los árboles, la mar, el espacio; las estrellas, el sol.

Fijaron la vista en la tierra, de la cual muy cerca estaban, y vieron una como procesión que se dirigía a un bosquecillo frondoso, entre cuya verdura se destacaban objetos de blanquísimo mármol. Era un cementerio, y la procesión un entierro. Observaron nuestros viajeros que sobre la tierra había sido colocado un ataúd pequeño y azul. Abriéronlo algunos de los circunstantes, y todos los demás se agruparon en derredor para ver las facciones de la muerta: era una niña como de diez años, coronada de flores, las manecitas cruzadas en actitud de rezar no se sabe qué, y semejante a un ángel de cera, tan bonito y puro, que al verle todos se admiraban de que se hubiera tomado el trabajo de vivir.

«Aquí, aquí quiero estar siempre, querido vientecillo. Suéltame, déjame caer —dijo la pluma, desasiéndose de los brazos de su amado conductor, para caer dentro del ataúd.

Este se cerró, y el vientecillo, que empezaba a dar revoloteos para sacarla con maña, no pudo conseguirlo, y la pluma, quedó dentro.

¿Acabarán con esto tus paseos, oh alma humana?

Abril de 1872

Libros Mablaz
Ciencia Ficcion y Fantasía
http://librosmablaz.com/

Libros Mablaz CLÁSICOS de Ciencia Ficción recuperados
LM
CLÁSICOS
http://librosmablaz.com/

Libros Mablaz

Narrativa – Relatos

/www.librosmablaz.com/